燃燈者

趙越勝

燃燈者

OXFORD
UNIVERSITY PRESS

OXFORD
UNIVERSITY PRESS

Oxford University Press is a department of the University of Oxford.
It furthers the University's objective of excellence in research, scholarship,
and education by publishing worldwide. Oxford is a registered trade mark of
Oxford University Press in the UK and in certain other countries

Published in Hong Kong by
Oxford University Press (China) Limited
39th Floor, One Kowloon, 1 Wang Yuen Street, Kowloon Bay,
Hong Kong

First Edition published in 2010

燃燈者

趙越勝

ISBN: 978-988-867-852-5 PB

ISBN: 978-0-19-396128-9 HB

This impression (lowest digit)
5 7 9 10 8 6

獻給我的妻子雪

目錄

讀越勝《燃燈者》
——代序

張志揚：

第一代人輔成先生是將人類知識奠基於人道的楷模；

第二代人賓雁先生是將政治救贖奠基於人道的楷模；

第三代人唐克則是來自知識的另一極要求在理性規範中伸張感性權利的人性欲求者。

如此三代人的創傷記憶編織成了一曲“人道頌”的勛伯格式變奏，它演奏着演奏者的巴黎夜曲，像 Gabriel Fauré 的 Après un rêve (《夢後》)。

然而，我讀三篇文字，與其說讀三代人，不如說讀越勝兄弟。除了唐克，賓雁先生和輔成先生相繼辭世——薪盡火傳，記憶文字所燃燭者，不正是“火傳”的儀式嗎？

“人道”，越勝是接納我“從個人尊嚴的辯護到思想自由的辯護”的第一人。但在我們之間重要的還不僅僅是文字、思想，而是印在心底裏的感覺。

從一九八一年到八九年越勝去國前，幾乎隔年我都要去北京，一般都要在越勝家小住兩天。八四年去旅順參加全國首屆電影學會成立大會，回來路過北京就為了看越勝。是時，大女兒蓓蓓才幾個月。越勝為了在晚上同我聊天，特意把搖籃搬到我的房間讓蓓蓓睡在旁邊。半夜，蓓蓓哭醒了，我看見你高大的身軀一手抱着幾個月的蓓蓓，一手拿着奶瓶給蓓蓓喂奶。喂完了奶，你兩手抱着懷中的嬰兒，搖着，輕輕地唱起勃拉姆斯的搖籃曲。你們父女搖動的身影就這樣在我眼前融化到搖籃曲中去了……十三年過去，九七年冬天我在巴黎又見當年的情景，不是蓓蓓，而是盈盈，以致我感慨，你胸中有多少柔情滋潤着童貞般的心田啊——你怎麼會老！

去國十七年，你第一次回到北京，我從海南趕到北京見你。到北京已是下午三點。放下行李，亞平、張雪立即帶着我，説是去“救越勝”。原來越勝和哲學班的老朋友喝酒喝過了頭，還有原來工廠的一大幫師傅等着哩。救出了越勝就往師傅們聚會地趕，仍然晚到四個小時。一進門，熱氣騰騰，越勝像一滴水珠溶入了沸騰的鍋爐。直到飯桌上，越勝在敬酒之前，對自己的晚到，硬是下了大禮，跪在桌前向師傅們謝罪！

……

孔夫子修詩從心所欲不逾矩：“巧笑倩兮、美目盼兮，素以為絢兮。”有素為絢，無素則糜。人，何嘗不是。

2009年12月7日於海甸島

朱正琳：

小說《一九八四》中那位“思想警察”對那位受審的“思想罪犯”宣稱：“不！……我們對你所犯下的那些愚蠢的罪行並不感興趣，黨對那種公開的行為並不感興趣，思想才是我們所關心的全部。我們不僅要摧毀我們的敵人，我們還要改造他們。你明白我說的意思嗎？”我以為，這話確實表達了人類世界中最狂妄的一種意圖，絕非作者奧威爾憑空杜撰。曾幾何時，那種意圖在我們的現實生活中幾近獲得成功，而且至今也還遠不能說它已遭挫敗。我於是一直在想，在那種蓄意製造的暗昧籠罩下成長起來的我們，何以也曾得見光亮呢？

越勝寫了三個曾經給他帶去光亮的人物，並稱他們為“燃燈者”，至少部份地回答了我的這一問題。薪火相傳，這我原先也是知道的，有人也曾點亮過我心中的燭。然而我還有一問：那火種是怎樣得來的？讀越勝文，我終於是想明白了：人類這個物種自來有“盜火者”在。“盜火”並非普羅米修斯一次就完成了的行為，人世間每一次火的傳遞，都是一次傳遞雙方共同進行的“盜火”。不是嗎？越勝筆下的三位“燃燈者”，連同越勝本人，其實也都是“盜火者”。

在我的心目中，劉賓雁先生是鼓蕩天地正氣的志士，周輔成先生是守望普世價值的哲人，都是我仰之彌高的人物。但越勝寫出了他們的寂寞，這讓我得以和他們親近。他們的寂寞，遠離了孤高自許的文人情懷，直接滋生於一種肝膽照人的熱切期盼：期盼着暗昧中有別的人也能得見他們所見到的光亮，期盼着那光亮能普照世人。

唐克其人更像是我的弟兄。年齡相仿，經歷相似，並且都曾在同一種窒息中努力掙扎過。只不過在那場抗爭中，他比我更為勇敢也更為敏銳一些。是他讓我確信，“盜火”的事件並非只發生在奧林匹斯山上。他為越勝手製了一個改善音響效果的音箱，顯然是想讓越勝更真切地嘗到“禁果”的本味。這也就罷了，他還在那個音箱上貼了一個當時幾乎無人知曉的日本東芝牌商標！老實說，我真願意成為他的同謀。我相信思想警察們當年若是看到了這個音箱，一定會覺得那個商標亮得刺眼。如其不然，多年後喇叭褲、蛤蟆鏡怎麼還會一度成為“精神污染”的標誌？

言及此，不由想起一九八九年八月十九日在匈奧邊境上的那場“泛歐野餐”。正是那場民間發起的跨國“野餐”活動，引發了東德人取道匈牙利的越境大逃亡。成千上萬的人跑啊跑，終於跑垮了柏林牆！二十年過去了，歐洲人每年八月十九日都會聚集到當年突破邊境的地點，紀念那場盛大的“野餐”。而我今日才恍然大悟，那是“盜火者”們的狂歡節啊！我記住了：人類歷史上真的出現過那樣的時刻，“盜火者”們竟像螞蟻一樣跑得滿地都是！

2009年11月23日於貴陽

周國平：

越勝平生最愛有四，曰音樂、書、政治、朋友。把政治列在其中，實在勉强得很，他不過是作為一個草民，只在也只想在台下喊幾聲罷了。朋友聚在一起，他常慷慨評點時局，疾惡如仇。他真正所愛的是正義，但正義乃一抽象名詞，和其餘具體名詞並列未免抵牾，我只好用政治一詞代替。

其實，音樂和書兩樣，他也只想在台下。音樂不用説，不管發燒友到什麼級別，明擺着今生不會做作曲家、歌唱家、演奏家了。書這一樣有點奇怪，他嗜書如命，又寫得一手好文章，卻總是十二分地抵觸出書，寫了文章傳給朋友一讀，就此了事，從不肯結集出版。在所愛的四樣中，他好像認定自己的位置是第四樣，做音樂的朋友、書的朋友、正義的朋友，在這三樣上都無意登台亮相。

所以，現在他願意出這本書，我甚感驚喜，這個倔頭終於讓了一步。看內容，三篇文章都是寫朋友的，而同時又是通過寫朋友寫了音樂、書、正義，唐克、周輔成、劉賓雁三位分別是他的音樂、書、正義之愛的“燃燈者”即啟蒙人。因此，由這本書，我們看到的既是他對朋友的赤忱之情，也是他的精神生長的心路歷程。

在所寫的三位中，我只和周輔成先生略有交往。一九九五年，先生到巴黎，我也在那裏，同住越勝家裏。一九九七年和二〇〇〇年，我先後兩次隨張雪到朗潤園拜訪先生。二〇〇五年，先生出面息訟，我應召去見先生一次。在先生家裏，先生拿出我的書，讚譽有加，我當即慚愧萬分。我出了一些通俗的書，沒有多少學問，一直不敢獻醜，怎麼想得到先生自己買了，還仔細讀了。先生對我厚愛，但在息訟一事上，我拂了他的好意，令他傷悲，我深感歉疚又無奈。先生每次談話，聲如洪鐘，激情澎湃，正氣凜然，哪裏像一個耄耋老人。直到生命最後一息，在先生的血管裏流着的始終是年輕人的熱血。

先生是熱情的，也是寂寞的。最後一次見面，先生贈我一冊書，竟是一個打印的文集，我心中一痛。參加先生的追悼會，看到的場景相當冷清，我心中又一痛。晚年之作無一家出版社肯出，追悼會無一個北大官員肯到場，先生真是寂寞極了。可是，在這樣一個只愛金錢和權力的時代，愛智慧和正義如先生，寂寞就是必然的了，這正是先生的光榮。

哲人已逝，現在讀到《輔成先生》，方知我對先生瞭解得太少太淺。文中引述的先生許多話，何等睿智，何等痛快。我本來是可以有許多親聆教誨的機會的，卻因為疏懶而錯失了。

回到越勝的這本書，最後我想說：既然你已經開了一個頭，索性就繼續下去，從此在出書一事上不要太倔了。我的無私的理由是，好文章就應該讓更多的人讀到，你不能只給我們這幾個老朋友吃偏灶，而對許多你不認識的文化美食家的精神饑餓無動於衷。我的自私的理由是，你的清高給了我們這些文章不如你卻挺樂意出書的人很大壓力，使我們覺得自己像是俗物似的。再那麼倔，於義於情都說不過去吧。

2009年12月28日於北京

徐友漁：

越勝在這本書中講述了三個感人至深的故事，三個年齡不同的人，既是師長，又是知己，陪伴、指引和支持着他穿越上世紀七十年代的黑暗，使得孱弱、卑微的生命有了光明和暖意。這樣的事情決非偶然和例外，在上世紀七十年代的中國，類似的故事到處都有，因為，人生活需要光，而生活中總是有光，哪怕黑暗以紅太陽的名義妄圖壓倒光明。

一九六六年年中爆發的文化大革命使中國大陸陷入空前的災難，一代年輕人精神上的愚昧、狂熱、野蠻暴露無遺，這當然不是出於中國人天生的劣根性，而是鬥爭哲學和個人迷信產生的惡果。但人性的強韌無時無處不在，與文革發動者想要塑造一代“革命新人”的願望相反，反思、探索、反叛的火苗到處冒出來，而且，倒行逆施越瘋狂，反彈力越大。極具諷刺意味的是，文革的大破壞、大混亂打破了以前嚴密的控制，禁書到處流傳，不同地位、階層、職業和年齡的人相互接觸和交流，異端邪說或新思想通過各種渠道，以難於想像的速度傳播。

越勝是幸運的，他在思想探索的道路上遇到了良師益友，沒有為自己的離經叛道付出什麼代價。事實上，在七十年代，許許多多的年輕人因為思想探索遭到鎮壓，有的付出了生命的代價，有的賠付了青春年華，貽誤了終身前途。格外有運氣的是，越勝得到了周輔成先生這樣的名師點化，得以直接沿着古今中外人類文明的正道行進，不像很多探索者那樣在意識形態的濃霧中艱苦掙扎、曲折前進，耗盡了全身力氣還是未能掙脱那精神上的緊身衣，為自認為叛逆的思想弄得精疲力竭、傷痕纍纍，其實是孫悟空沒有跳出如來佛的手掌心。

越勝是很感性、重情義的人，他首先是喜愛一個人，然後才喜愛那個人信奉的思想。他的運氣還在於，招他喜歡的人在情與理兩方面是統一的而不是脱離或分裂的，所以，對於他來說追求真理和享受友誼是同一個過程，暗夜中的燈火帶給他足够的溫馨。

越勝書中記載的三位師友中，兩位長者——周輔成先生和劉賓雁先生——已經逝去，但他們的音容笑貌通過越勝的文字將永駐我們心中，他們的光和熱將永遠照亮和溫暖我們。

2009年12月於北京

陳嘉映：

我認識的人裏，有文才的不止一二，但這樣的回憶文章，我想只有越勝寫才好。越勝不止於對人好，與朋友人交，交心；越勝與朋友交，完全沒有自我心，他做，做得比別人多，卻沒有任何東西要表現。惟此，友人的情態，友人的天光雲影，得以揮灑展現。不說長他幾年的唐克，在七路無軌電車站依依不捨分手的周輔成老先生，在一起泡熱水澡交換戀愛故事的一代英傑劉賓雁，偏這個沒有自我的越勝有這福份！

有時候會覺得，那個時代的高人俊士，沒有越勝不認識不深交的。文中偶一出入的高爾泰、張志揚、曹天予、周國平，還會有多少故事等着越勝寫。“我愛真理，但我更愛朋友”，越勝當年如是說。其實，愛人，才能愛真理，才有真理。越勝寫唐克：他撇嘴道：“誰畫了，我自己買票看的。”語氣大有二奶扶正、窮人乍富的得意。在越勝筆下，沒有絲毫挖苦，倒讓局外讀者對這個中國“路上派”先鋒唐克又添一份愛意。

三位傳主都是奇人異人，他們帶着那段異常的歷史出現在我們面前。那是個險惡的時代，惟因此，友情來得特別真，特別重。那是個貧苦的時代，倒彷彿因此，人不得不有點兒精神。劉賓雁的坦誠，是每個認識他的人都立時感受得到的。坦誠自是一種優秀品質，但只有在那個時代，只有經歷了賓雁所經歷過的那麼多思想者的苦難之後，坦誠才會閃耀那樣奇異的輝光，散布那樣溫暖感人的力量。越勝心裏，這段歷史濃重得排解不開，惟在這種"歷史感"的簇擁下，他筆下的人物才那樣飽滿。

這種歷史感，並不止是感覺，它培育出正大的判斷，只舉一例：

> 人們常説賓雁是"青天"。這或許是苦難者習慣的幻象。其實，沒有哪個稱謂比它離賓雁更遠了……作"青天"的前提是和統治集團保持一致，當"自己人"……賓雁是站在"草民"和"無權者"一邊的……賓雁的勞作就是要消滅製造青天的土壤，讓民族中的個體成為自由的有尊嚴的個體，從而讓民族成為自由的有尊嚴的民族。這是權勢集團不能容忍的。

這三篇文章，實不只是紀念友情，不只是對已逝時代的緬懷，它們始終在籲請我們思考自己，思考我們這個尚未結束的時代。

2010年1月於香港

梁治平：

越勝嗜書，然甚惜墨，有文章，必為佳作。故此，我對越勝的文章總有雙重的期待：希望他多寫一點；俟篇成，必欲先睹為快。

過去這一年，接連讀到越勝數篇新作，其中就有《憶賓雁》和他記年輕時友人唐克的這篇。八月，越勝攜家人回京，朋友聚會時，他説到當時已經寫作過半的《輔成先生》，更為沒能在輔成先生離世前完成此文而倍感遺憾。十月，稿成，越勝即以之傳示友朋。越勝作文，或因朋友之請，或為朋友之故，他最想知道的，也只是朋友們的意見。既然不為發表，這些文字便有幾分私人的味道。然而，作者所記述的人和事，蘊涵的，卻是這個時代的大悲大喜，幾代人的生命經歷。這樣的文字，是不應當只在朋友的小圈子裏流傳的。

讀畢《輔成先生》，我即函覆越勝，略云：

此前讀你寫唐克的那篇，覺得寫得很精彩，寫賓雁先生的，則筆調深沉，情感濃郁，此篇似又深一層，描寫更細而用意愈深。相信任何人讀畢此文，都會對周先生純真而高貴的人格肅然起敬，對他身上體現出的一代中國知識人出於中西古典文化薰陶的價值情懷深懷敬意，而這些東西，現在已經逐漸淡化，甚至為人所遺忘。但這也正是此文重要處。能够代周先生剖白心迹，而將其理想和追求記錄、傳達於後人，令其薪火不絕者，這是第一篇也是最具份量的文字吧。周先生有你這樣的忘年知交，可以感到欣慰了。我讀大作時也在想，這樣的文字不可只在朋友的小圈子裏面流傳，甚至也不應該只在海外出版物上刊出，那樣太可惜了，而且也失去了她原有的意義。

這些文字終能公諸世人，誠為讀者之福。

越勝在信裏說，他有意將此集題為《燃燈者》，又解釋說：

> 燃燈者在佛家是指片語可開悟人的覺者。販夫走卒，引車賣漿者皆可為燃燈者。輔成先生、賓雁不用說，是燃巨燭之人，而唐克小子亦是我的燃燈者。

不消說，越勝也是我輩友朋、讀者的燃燈者。猶憶八十年代，越勝與一班朋友問學論道，砥礪思想，終至開創一番事業，引領一時知識風潮。那幾年，大約也是越勝"入世"最深的一段。不過，即便是在那時，越勝仍然保持着一份逍遙。他淡泊的心性，溫潤的友情，對古典文化的追慕，和對趣味的好尚，在朋友中間最具魅力。他家的小客廳，總有朋友滿聚，煮酒吟詩，縱論古今。還有他籌劃的那些令人難忘的出遊：攀古長城，踏夕陽殘雪，水中泛舟，月下放歌，……山水之間，也是我輩精神滋養之所。

八九年，越勝去國。悠悠近二十載，世事丕變，人事亦然。這期間，我數度往巴黎。再見越勝，他率性依舊，愛家人，重友情，勞作之餘，以音樂、詩歌為伴，說到讀書，依然眉飛色舞，不改其樂。只是，他差不多與寫作絕緣。不過，我知道，他心中的火焰從未熄滅，這些文字可以為證。我讀這些文字，在莞爾與凝重、歡悅與沉鬱之間，又被一次次地感動和啓悟。讀者諸君，也會有同樣的經驗吧。

2009年歲末記於北京西山忘言廬

是知燈者，破愚暗以明斯道。

輔成先生

美德都是莊嚴宏大的。
莊嚴，在實質上與慷慨一致，
在形式上與勇敢一致。

——托馬斯·阿奎那

我受教於輔成先生始自一九七五年底。當時我是北京"小三綫"兵工廠一個開磨床的小青工，整天貓在懷柔深山溝裏，忙着給紅色高棉造四〇式反坦克火箭筒和七二式反坦克地雷。而輔成先生是北京大學哲學系的著名教授。我與先生天南海北，兩不搭界，怎麼會有了師生緣份？其中故事要從頭講起。

一

七五年六月底的一個早晨，車間書記戴五正師傅到車間來，悄悄告訴我，昨天廠裏接到通知，今年有一個去北大哲學系讀書的名額。我一聽，心直跳，這正是我朝思暮想的事啊。戴師傅説，碰到幾個廠裏中層幹部，都説，肯定是你們車間小趙去了。七十年代初，毛澤東指示“要認真看書學習，弄通馬克思主義”，各個單位聞風而動，紛紛成立“工人理論隊伍”。隨後就有“六本書”的名單：《反杜林論》、《唯物主義與經驗批判主義》、《國家與革命》、《法蘭西內戰》、《帝國主義是資本主義的最高階段》……。我是車間工人理論小組組長，負責給師傅們輔導這些馬列著作。六本書中《反杜林論》和《唯批》是哲學著作，在那些僅有小學文化水平的工人師傅看來，這玩意兒純粹天書。但是理論學習的形式絕不能缺。於是每周都有半天經典著作學習時間。我在台上講，師傅們在台下睡，真可謂“聒噪與鼾聲齊飛，唾沫與涎水同流”。也有幾位從五機部機關下放到廠裏的幹部，文化程度比較高，有興趣聽我的輔導，常常給點兒鼓勵。所以説起要送人去北大上學，便想到了我。

經過一個多月的基層推薦，領導討論，最後的結果是我“名落孫山”。找戴師傅問究竟，他同情地告訴我，在我的人事檔案中，有記大過一次的處分，所以政審沒通過。

輔成先生

這事兒得從去年夏天説起。

工廠宿舍對面山崖下有一深潭，潭水清洌，是個游泳的好去處。酷夏午休時，我們常在潭中嬉水。廠裏的小兄弟都是北京來的七〇屆初中畢業生，自小穿慣三角泳褲，到山裏依然如故。山村裏的農民小伙下河都穿及膝大褲衩，三角泳褲在他們眼裏等於赤身裸體。偶有村兒裏的大姑娘小媳婦從旁經過，我們這些人就有了調戲的嫌疑。那天中午，廠裏的弟兄們又去游泳，有幾個村兒裏的小伙兒就站在河邊駡。我正躺在岸上曬太陽，聽他們用懷柔土話駡得有趣，便學着他們的腔調和水裏的哥們兒開玩笑。大家嬉笑一陣，誰也沒當回事兒。

下午上班時，我剛走到廠門口的水泥橋上，路旁猛衝出幾條壯漢，扭住我雙臂，大喊“就是他，學俺們農民，帶隊部去！”邊喊邊扭着我往村裏走，當頭便碰上了來上班的眾弟兄，攔住問究竟，言語衝突間便動起手來。村兒裏的小伙兒固然身強力壯，但不如工廠的弟兄身手敏捷，交手片刻，已見有三兩農民倒地不起。在壯漢的夾持下，我掙扎着抬起頭，見“髮小”嘉浩正從山坡上飛奔過來，身邊又鑽出小個子李志剛，上手推胸，下腳使絆，扭着我胳膊的壯碩青年便跌入河中。廠頭兒跑出來勸阻，但人仍越聚越多，混戰一團。大約半個小時戰鬥結束，有幾個農民弟兄不知被何人下狠手，板兒磚拍昏，急送懷柔縣醫院。

這下子事兒鬧大了。沙峪公社報懷柔縣，懷柔縣報北京市，定性為“破壞工農聯盟的集體鬥毆事件”，市委責成市機械局嚴肅處理。於是召開全廠大會，廠長高鳳岐宣布給我“記大過”的處分。我不服氣，找廠長理論，高廠長一席話讓我啞口無言：“廠裏給受傷的農民賠償，輕傷八百塊，重傷一千六百，你賠得起嗎？”結果就是檔案中裝進了記大過處分書，從此“底兒潮”。這次推薦上大學，檔案就發揮了威力。知道政審沒通過，我徹底絕望。在中國，檔案就是一個人的命根兒啊。想想今生怕是再無出頭之日，心裏鬱悶到極點。

盛夏時節，山中雨水充沛，林木綠色逼人，冬天乾枯的溪流又喧騰起來。河道曲折處，水石相激，靜夜遠聞，隱隱若有歌吟。年輕時人不經事兒，心情苦悶便意志消沉，堅持多年的讀書計劃也停頓了，常與好友瓦寧携薯乾酒半瓶、魚皮豆一包、手風琴一架，倘佯林下溪畔，撫琴放歌。一次薄暮時分，倆人高臥青石之上唱得正酣，忽見一條兩尺青蛇竄出密草，隨琴聲婀娜起舞。不知幾次夜半扶醉而歸，戴師傅嚴斥我放浪形骸。但我仍不知歧路而返。

九月初，弟兄們見我終日悶悶，便提議去登慕田峪長城散散心。清晨出發，踏着朝露，沿崎嶇小徑登山。道旁雜花繚亂，野香醉人。秋梨、山楂、蘋果，艷黃、殷紅、青紫相間，織成滿眼的斑斕。一行人穿行林中，手腳並用攀岩，中午時分，古長城已在腳下。三十幾年前的慕田峪還不是旅遊點，古城牆大半坍塌毀損，一身歲月的蒼涼，靜臥在褐榻翠衾之間。登山頂烽火台眺望，遠天紫紗輕幔，若滄海浩渺。峰巒間霧靄糾纏，如群島隱沒波濤間。長城隨之起伏，分割關山一綫。

京畿一帶本是古幽燕之地，想陳子昂登台“念天地之悠悠”處就在近旁。在這天地雄闊渾涵之間，我身心如經大滌，止不住鼻酸眼澀。前幾日尚覺性命攸關的失敗，今日看來，不過雞零狗碎。世界何其美好，人生何其誘人，少年心事豈能囿於尺寸得失。於是，向群山頂禮，欣欣然下山歸去。

回到廠裏已是晚飯時分，戴師傅急沖沖地在食堂找我，把我拉出買飯的隊列，説有好事。廠裏又有一個上學的名額，市機械局要辦一個專職哲學進修班，老師都是北京大學哲學系的。這次不用再討論，就讓你去，你小子可別給我丢臉。我喜出望外，忙不迭地謝他，隨後竄出食堂去找我的小弟兄們。當晚大家把這個月的菜票全湊出來買了散裝啤酒，狂飲一場。月底把全部家當扔上一輛“大解放”，我一路烟塵地回到了北京。

二

一九七五年十月五日上午十點，一群來自北京市機械局各個工廠的“理論骨幹”集合在德勝門城樓下，一輛大轎車把我們送到清河鎮小營，原北京市機械學校。我們的哲學進修班就辦在這裏。全班約四十餘人，年紀最大的四十多歲，最小的大概就是我了。由於我們都是來自工人階級隊伍，學校便沒安排學工、學農、學軍等活動，只是讀書。課程有馬列主義基本原理、辯證唯物論、歷史唯物論、自然辯證法、中國哲學史、西方哲學史、經典著作選讀。學習時間安排得很滿，大課後分組討論，也有單獨的閱讀時間，可以靜心讀書。

七五年，社會政治氣氛緊張，清河小營倒真成了世外桃源。學校周圍是大片農田，晚飯後，我們幾個要好的同學總要漫步綠野，談古論今。班裏同學大都根紅苗正，屬於熱愛毛主席、“志壯堅信馬列”的一族。我們幾個人就稍顯異類，常品評時政、交流消息、關注上層權爭。青年人說話口無遮攔，同班的大谷放言“人民日報上登的東西，百分之八十是假的”，竟被人告發，甚至成立專案組，調查我們這個“小集團”。

按照課程安排，十一月份要開西方哲學史課了。教馬列基本原理的陳楚餘老師說，西哲史要由北京大學的“權威”來講。說起“權威”，就讓人聯想起“資產階級反動學術權威”這頂帽子。我卻偏對這類人有好感，覺得既是“學術權威”，不管是什麼階級的，必定是有學問的人。列寧的《唯物主義與經驗批判主義》是我們經典選讀課的重點。後來知道真弄哲學的人，沒人拿這書當嚴肅的哲學著作，在當時卻奉為經典。無論如何，這部書畢竟涉及身心關係、時空概念、意識與知覺、認識與存在等哲學基本概念，所以總想把它讀通。何況列寧在批判波格丹諾夫、馬赫、貝克萊時，涉及到西方哲學史的重要範疇。順藤摸瓜，也會探到有價值的知識。比如在討論先驗論時，必然牽涉到康德。我那時正死啃他的《純粹理性批判》，藍公武的譯文佶屈聱牙，讀來讀去不得門徑，總覺如墜霧中。聽說有“權威”來給我們上課，心中就有企盼。

十一月初，一個陽光明媚的早晨，班主任韓老師走進教室，很鄭重地告訴大家，今天西方哲學史開課，請北京大學周輔成同志給大家上課。片刻，進來一位慈眉善目的老先生。他就是中國倫理學界的泰山人物，北大哲學系的周輔成教授，那時公開場合都稱“同志”。

先生中等身材，微胖，身着一件四兜藍制服棉襖，已洗褪了色兒，有點兒發白。腳穿五眼燈芯絨黑棉鞋，頭戴一頂深棕色栽絨雙耳棉帽，步履輕捷，無絲毫老態。先生走上講壇，摘下棉帽放在講台上，露出短髮皆白。白髮不甚伏貼，有幾簇支立着，先生也不去管它。我好奇，以往心目中的“權威”，大半和“高帽兒”、“掛牌”、“噴氣式”有關，但見眼前這位老人溫文爾雅，便仔細觀察。先生長圓臉，膚白皙，豐頰闊額，眉間開，目光澄澈，鼻梁高，鼻尖略收，唇稍厚，下頜渾圓，表情開朗安詳。

先生開口講話，普通話中有川音，說受學校領導委派，來向工人師傅彙報學習心得。又說馬恩和列寧本人都精通西方哲學史，所以要學好馬列原著非有西哲史知識不可。幾句簡略的應景話講過之後，先生從一隻黑色人造革手提包中拿出一黃舊的厚本子，裏面密密地夾着一些紙條。先生打開本子，轉身開始板書：“古希臘哲學，第一節，米利都學派與希臘早期樸素唯物論思想”。先生講得深入細緻，旁證博引。每引一條文獻，先生都會站起來板書。有時會把整段引文全部抄在黑板上。我印象最深的是先生指出米利都學派的要旨是以物質性的存在來推斷世界的構成。對米利都學派三哲，先生給阿那克西曼德的評價最高。先生以現存殘簡和哲學史家所論為據，指出阿那克西曼德已經開始用抽象的語言表述存在的單一性、萬物的運動性和對立面的衝突。先生提醒我們注意，這些看法在初民的原始意識中，是以神話和詩歌來表現的。在這個意義上，米利都學派是第一批哲學家。

在先生的引領下，我驚異於希臘人的奇思睿智。先生隻手為我們推開一扇窗，它面對着蔚藍色的海洋。先生娓娓的講述讓我興奮，希臘先哲的智慧令我神往。這群人物，既是沉思冥想的先哲，又是嬉笑玩耍的孩童，像泰勒斯，為了向人證明哲學家如果願意也能掙錢，他預計來年橄欖會有好收成，事先包租下全城的榨油機，而大發利市，儘管他聲稱，他的樂趣並不在此。

教室裏極安靜，同學們都在認真記筆記，只聽見紙筆摩擦的沙沙聲。先生每要擦掉前面的板書，總會停下來問，同學們都記下了嗎？然後用力抹黑板。板擦上的粉筆灰沾滿雙手，先生便不時地輕拍雙手，但總也拍不淨，有時想輕輕撣掉身上的白粉，反在藍棉襖上又添白印。先生連續講了一個半小時，屋裏很暖，先生又穿着厚厚的制服棉襖，加上不斷板書，漸漸地額頭上有了汗意。先生不經意地用手去擦，不覺在自己的額頭上留下一道淡淡的白痕。我坐在教室後面，遠望着先生勉力的樣子，心裏隱隱被某種東西觸動着，是什麼？一時也說不清。以後在與先生的漫長交往中，才漸漸悟出一點兒。

課間休息時，先生去教研室稍歇，隨後便回到走廊裏燃起一支烟。那時先生吸烟，一個人站在裊裊輕烟中，有點落寞的樣子。同學們忙着對筆記。我素來不大重視筆記，關鍵處記二三筆提示了事。見先生站在那裏抽烟，便想過去搭訕，心裏頭打着私下請教的小算盤，想或許能把讀書不通處拿來就教於先生。心裏猶豫着，腳步卻朝先生挪動。那時我烟也抽得兇，下意識地從兜裏掏出烟，似乎有點兒向先生借個火兒的意思。先生大概看穿了我的把戲，反迎着我走來。表情有點嚴肅，卻很和藹地問，今天講的有什麼地方不清楚嗎？我緊忙回答不，沒有，我是想問您一些問題，但不是關於希臘哲學的。先生有些不解，今天不是剛開始講希臘哲學嗎？你的問題是什麼？我說是關於康德的。先生喔了一聲，似乎掃了我一眼，我覺先生眼中精光一閃。這時幾個同學也走過來和先生說話，談的是今天課上的內容。休息時間一過，同學們回到教室，先生又開始講課。第一天的西哲史便以米利都學派的三哲之一，阿那克西米尼同質不同量的宇宙構造說結束。同學們鼓掌致謝，我當然鼓得最起勁兒。先生向同學輕輕一躬，便走出教室。

我們隨後擁出教室下樓準備吃飯。見先生站在樓前台階下，正等車送他回家。我快步趨前向先生招呼，先生說你剛才要問的問題今天來不及談了，下周來上課，你可以把問題寫個條子給我，我看看準備一下再回答你。我驚奇先生的謙謹，對我這麼個“基本上是文盲”(父親語) 的毛頭小子的問題，先生還要準備準備？後來才知道這是先生一生修學的習慣。車來了，我順勢拉開車門，扶先生上車。午飯時，幾個要好的同學聚在一起，都很興奮，大談先生的課。班長慶祥搖頭晃腦地說，看看，這就叫言必有據。確實，在我們這些心在高天而不知根底的同學少年，這是第一次親炙高師。先生的課讓我自識學海無涯，工廠裏混出來的那點不知輕重的小得意實在淺薄。

過一周，先生又來上課，第二講從赫拉克利特一直到巴門尼德。先生有意把這兩人放入一個單元，這樣可以結合恩格斯在《反杜林論》中對赫拉克利特的讚揚來反襯巴門尼德的思想。先生認為赫拉克利特實際上是把人當作自然界的一部份來觀察，可以稱得上是個自然的一元論者。他從自然界的變動不居推論世界本質是永恒的變易，我們可由此推廣至人類社會也充滿了變易。對立面的鬥爭與統一是這種變易的表現形式。當時我理解先生是想借此打通自然科學與社會科學，以符合恩格斯在《反杜林論》和毛澤東在《矛盾論》中陳述的原則。那時我尚不知道毛澤東的《矛盾論》大半借用蘇聯黨校的哲學教科書，所以免不了衷心敬佩毛主席他老人家是位深思雄辯，縱接希臘，橫貫東西的大哲學家。

課間休息時，我把準備好的字條交給先生。我的問題是因讀列寧的《唯批》而起。那時毛澤東的《實踐論》是讀哲學的日修課，在辯證唯物論的真理論中，實踐標準是至高無上的。列寧在《唯批》中卻認為實踐標準並不是絕對的，它永遠不能達成對真理的完全證實。康德在《純粹理性批判》中也有類似的表述。若從康德哲學論，《實踐論》中所談的實踐之為真理標準仍屬知性範疇，它不過是知性運用範疇統一感性材料的過程。而列寧對實踐標準絕對性的保留卻與康德界定理性認識能力相通。既然實踐之為感性活動不能絕對判定真理，康德的物自體就有了存在的理由。

這個想法在當時有點大逆不道。但難道不正是先生講到了哲學的愛智本性嗎？就算因無知說錯了，想先生也會寬容。先生看了一下我的問題，說你讀書很仔細，這個問題幾句話說不清楚，下次我帶些材料給你，有些問題書讀到了自然就解決了。先生的這句話讓我受益終生。後來讀書治學每逢難解之處，就想起先生的話。

那天課程的第二部份先生講巴門尼德。先生用英文念出巴門尼德的名字，重音放在第一和第三個音節上。在第一個音節上還帶上點“兒”音，聽起來很特別。我一下子就記住了這種讀法。後來讀西哲史，對巴門尼德的稱謂總是隨了先生的念法。先生很看重巴門尼德的思想，雖然也批評他的僵化的唯心主義存在觀，但卻告訴我們巴門尼德在哲學史上是承前啓後的人物，他對存在的解釋開啓了本體論的先河。

先生的講課激起了我“狂熱”的求知欲。從前以為自己還是讀了幾本書的，在廠裏小兄弟之間有點賣弄的資本，一不小心也拿自己當了回事兒。聽了先生的課，才知道自己簡直就是一張白紙，至多上面揉出了幾道褶子。於是痛下決心要刻苦讀書。可那時候，找書難呀！就先生講過的這些內容，背景知識就涉及希臘歷史、文化史、人物傳，哪裏找去？清河鎮上有個小飯館，是我們常去喝酒的地方。對面是個新華書店，進門一股子土味兒。陳列社會科學書籍的架子上就那麼幾大色塊：深藍——馬恩全集；鮮紅——毛澤東選集；深棕——列寧全集；屎黃——斯大林全集；暗紅——馬恩選集。一次和同學在小飯館喝完酒出門乘興進了書店，翻了半天，找出一本康德的著作《宇宙發展史概論》，算是難得的收穫了。

又到先生來上課的時間了。現在每周就盼着聽先生的課。先生很快將希臘哲學梳理了一遍，跟着開始講授羅馬哲學，盧克萊修、琉善一路道來，讓我如沐春風。那天課間休息，先生在門口朝我招手，我急忙走過去，見先生從他那隻黑色人造革提包裏拿出一本書，説康德的著作不好讀，藍先生的譯文也不好懂。大約是前次他問起我讀了康德的哪些書，用的誰的譯本，我便如實講了。先生輕拍手裏拿着的那本書，説這本書講得清楚，譯文也順暢些，你可以讀一讀，有問題再討論。我接過書，厚厚的一冊，書頁有點黃，是斯密的《康德〈純粹理性批判〉解義》，倬然譯，商務印書館出的。我謝過先生，回到座位上翻看，突見書中夾着一張紙條“供工人師傅批判參考”，心頭一緊，才意識到先生授我此冊是冒着風險的。

七五年，文革已經氣息奄奄，但正因其將死而愈見兇險。先生這一代人被毛肆意凌辱二十餘年，校園中也多見弟子反噬恩師的孽行。我與先生僅幾面之緣，片刻交談，先生便將這屬於“封、資、修”的書籍授我。這絕非先生對我這個毛頭小子青眼有加，而是我提的問題引先生“技癢”，那是久違了的“思想的快樂”。先生夾個紙條來遮人耳目，卻掩不住幾十年矻矻求真的一瓣心香。後來年歲漸長，閱歷略豐，才明白那些真正投身思想事業的人，大半有犯難而上的勇氣，正如蘇格拉底寧死也要對弟子講完最後的思考。當海德格爾深悟到“思想之業是危險的”時候，他絕想不到中國的運思者面臨的是雙重的危險：理念與人身。

自當局四九得鹿，緊追蘇聯，院系調整，改造大學，又以洗腦為萬事之先，以致大雅無作，正聲微茫，詈詞橫行，邪說盈庭。及至文革，校園皆成戰場，師生半為寇仇，荼毒心靈，奪人性命，一至斯文塗炭，為華夏千年所罕見。在此暴虐之邦，先生心中寂寞啊。碰到能談及學理的機會，先生便不願放棄。後來讀到先生寫於一九三八年外敵入侵時的文章《中國文化對目前國難之適應》，更明白先生的舉動是他畢生信念的反映。先生說：“古代希臘人雖然一個也沒有了，但只要人類還存在着，他們那些寄托其理想的活動力之文物，流傳下來，就會給我們後人以莫大的啓示、鼓舞和慰藉。我們很可感覺到幾千年前的人類精神文化，那些天才的靈魂與人格，與我們息息相關，並對我們殷切關照。”

我把先生授我的書認真讀了，對康德《純粹理性批判》理數有了粗淺的瞭解，但對先驗辯證論一節總覺模糊，以為康德論述純粹理性的二律背反總有扞格不入的地方。越讀書問題越多，課下我向先生表露了這個意思。一次課後送先生下樓，先生突然説，你有時間可以到我家裏來，這樣可以多些時間談談。説完遞給我一個舊信封，是別人寄給他的信，上面有地址：“北京大學朗潤園十公寓 204 ”。先生説你可以在周末不上課時來，我總是在家的。我極喜能有機會再聆教誨，便把這個舊信封仔細收好，心裏盤算着哪天去叨擾先生。

三

七五年嚴冬，臨近年關的一個晴朗寒冷的周日下午，我敲開了朗潤園十公寓 204 的門。

朗潤園在北大東北角。進北大東門，沿未名湖東側北行，過小石橋行百餘米，便有一組樓群兀立。樓不甚高，紅磚砌就。嚴冬時節，樓之間衰草枯楊在寒風中瑟瑟顫抖。進樓門，玄關處較常見的蘇式建築進深略寬，暗暗的。樓梯拐角處，堆放着一方大白菜，靠牆有幾輛破舊的自行車。204 號是二樓左手的單元，暗褐色的門上有幾處破損的痕迹。敲門片刻，門輕輕開了，一位中年婦女當門而立，體態停勻，頭髮梳得淨爽，一副南方婦女精明強幹的樣子。她就是先生的夫人，我後來一直稱師娘的。師娘説話聲音極輕，說“周先生在等你”。師娘在我面前都是這樣稱呼先生的。我進門，撲面一股暖氣，夾雜着飯菜香。門廳甚暗，未及我眼睛適應光綫，先生已從對面的一間屋子裏走出，連聲説歡迎歡迎，便引我進屋。這是先生的客廳，但大約同時住人，兩隻簡陋的沙發，上面套着白布罩子。靠牆有張大床。後來才知道，文革起時，先生這套四居室的單元竟同時住過三家人。而我去時，仍有一戶與先生同住。住房條件夠惡劣的。

我剛落座，先生就忙着倒水。茶几上的圓盤裏放着一罐麥乳精，一瓶橘汁，是那種需要倒在杯子裏稀釋了喝的。我想這是當時中國民間能見到的最高檔的飲料了。後來知道先生愛喝咖啡，但七五年很難找到咖啡，先生大約就用麥乳精中加入的那點可可來替代。我忙起身，接過先生沖好的熱氣騰騰的麥乳精，請先生坐下。心想就我這麼個工廠裏摸爬滾打的糙人，居然要喝麥乳精，先生太客氣了。先生隨便問了幾句家常，知我母親原來也是清華的學生，便説，那我們是校友，將來有機會去看看她。 我忙説家母在清華拿讀書當幌子，革命為主，屬於不務正業。先生笑了笑說，她那才是正業哩。話入正題，先生説，希臘羅馬哲學一個月四次課就完了。時間短，內容有限，你要有興趣於哲學，怕還要多讀一些，因為它是基礎。我可以告訴你要讀哪些書，我這裏還有幾本參考書，你看了，有問題再談。我便把年內要來北大哲學系讀書，沒來成的事簡述了一下，大約表示了有心向學的意思。先生注意聽了，便說，這不是壞事，真到北大哲學系裏你就讀不了書了。他們很忙，就是不忙讀書。倒是你現在這樣好，時間集中，可以專心讀書。先生說，要讀希臘哲學，先要讀希臘歷史。希羅多德的《歷史》和修昔底德的《伯羅奔尼撒戰爭史》是要緊的。我那時只在商務印書館出的《外國歷史小叢書》中讀過介紹伯羅奔尼撒戰爭的小冊子。希羅多德的名字從未耳聞，便問先生可有他的書。先生說有，過一會兒找給你。先生隨即就講起了希臘城邦的結構、社會等級、公民與奴隸、雅典與斯巴達的特點。不用講稿，娓娓道來，條分縷析，啓我心智大開。我拿出準備好的筆記本，仔細記下先生所述。先生說，這些都在書上，我給你提個頭，你倒是讀書時要多記筆記。

先生又問我，可曾讀莎士比亞的戲劇。我一時反應不過來，不懂先生何以從希臘一下子跳到沙翁。便囁嚅道，讀過，但不多，只哈姆雷特、李爾王等幾部。也巧，上初中時，班上有一姚姓同學，住炒豆胡同安寧里，其父供職中央戲劇學院。他家中有《莎士比亞戲劇集》，是朱生豪的譯本，我曾借來胡亂讀過一些。先生說，初中生，十三、四歲，讀不懂的。現在可以重讀。我問先生莎士比亞和哲學有何關係，先生提高聲音說，莎士比亞的戲全談人生哲學，比哲學家高明得多。先生又說，一等的天才搞文學，把哲學也講透了，像莎士比亞、歌德、席勒。二等的天才直接搞哲學，像康德、黑格爾，年輕時也作詩，作不成只得回到概念裏。三等的天才只寫小說了，像福樓拜。說罷大笑，又補充說，我這是談天才。而我們這些讀書人至多是人才而已。若不用功，就是蠢材。那時先生講的話我不全明白，只覺得這裏有些東西要好好想想。後來讀了先生四三年的力作《莎士比亞的人格》，才明白先生治學，是以真、善、美的統一為人生與思想的最高境界。先生以為莎士比亞"具有一種高越的人格，他用他的人格，能感觸到真的最深度"。

我對先生說莎士比亞的書不好找，又說到家裏有一套《人人叢書》的英文版，是家母"革命"之餘學英語時用的。家母的同學劉正鄭先生是英語權威，曾編《英語常用詞辭典》。他住在南鑼鼓巷政法學院宿舍，時來家中走動，我曾聽他用渾厚的男中音朗誦過這套書中的《哈姆雷特》，據說他是"標準牛津音"。先生大喜，說那就直接學讀英文原版。我說我的英文程度太低，讀不懂的。先生沉思片刻，堅定地說，你第一件要做的事是學英語。不懂外文，學不深的。將來你要讀的書大多是外文的。現在回想，不知先生為何認定我會去念外國哲學。七五年，文革未完，我二十來歲一個小工人，英文大字不識一升，而先生似乎先知先覺，已經看到國家要大變了。

談了許久，不覺已近黃昏。先生起身說，找幾本書給你，先開始讀起來。便引我出客廳，左拐推開了一扇門，進屋是一條用書架隔開的走道，狹窄得很，將能過人。書架後靠西牆一張碩大的書桌，黑色漆皮磨損得厲害，無漆處透出原木色，已磨得油亮。這便是先生日常含英咀華，纂言鉤玄的地方。先生從書架上抽出幾本書遞我，記得有希羅多德的《歷史》，湯姆遜的《古代哲學家》，和一本有關蘇格拉底的書，似乎是柏拉圖的《申辯篇》，譯文半文半白。先生囑我，希臘哲學家中最要緊的是蘇格拉底，柏拉圖和亞里士多德都是自他而來。坐在先生書桌旁，見高至屋頂的書架，上面擺滿了書，高處還放有幾函綫裝書。後來才知道先生得空也談中國哲學，曾專論董仲舒、戴東原。先生書桌對面靠東牆放着一張單人床，頂頭有一架書，都是外文，其中一套，暗紅色皮面，燙金書脊，極厚重地挺立在書架中央。我過去用手摸，聽先生淡淡地說，“那是康德全集”。先生語出，我摸在書背上的手似乎觸電。從未想過與先哲如此接近，竟至肌膚相親。我與先生相對無言。夕陽正沉在未名湖上，一縷金光入室。剎那，這狹窄局促的小屋顯出輝煌。

離開先生家已是夜幕初垂。清冷的天空有幾點寒星。天酷寒，我卻渾身灼熱，心中興奮滿溢。不為他事，只因先生授我一席話，借我幾冊書。以往，多少渴望冀求，晦暗不明地蜷曲蟄伏心中，而今先生的智慧和學識點亮燭火，通浚阻塞，喚醒了一個青年的精神生活，讓他懵懂的內心世界疏朗清明起來。

七五年的最後一天，幾個同窗好友約好在三里河三區的朋友家中相聚，一起送舊迎新。那天喝了不少酒，唱了不少歌。 在七六年來臨的一刻，我與好友走到木樨地，沿長安街東行，在凜冽的寒風中暢談。我給他講先生讓我讀的書，他談寫作的心得，一再强調我們寫作的功底太差，要好好想想怎樣才能寫出好文章。當我們回到他家時，已是晨曦微露。就這樣，在純真的友誼和對未來的憧憬中，我們迎來了七六年第一個清晨。

幾天後，收到先生一則短函，説七日他要進城看望朋友，約我晚上在萃華樓飯莊與他見面。我心中有點奇怪，先生為何要約在飯館見面。後來次數多了，才知這是先生的一個習慣。萃華樓飯莊在燈市西口和錫拉胡同之間路東。門口是幾級很寬的台階，玻璃門上掛着潔白的紗簾。我按時趕到，推門進去，見先生已在店堂深處入座。我急趨前，問先生為何約我至此。先生説他在城中看完朋友正是該吃飯的時間，上次的話沒説完，正好可以見面，吃飯説話兩不誤。我很少在飯館吃飯，少年時曾跟着一些大小“晃兒”去過莫斯科餐廳，邊看那些張狂男女吹牛“拔份兒”，邊低頭猛喝奶油紅菜湯。最喜歡就着抹了黃油果醬的方麵包，喝甜膩膩的櫻桃酒，喝着喝着覺得自己常佝僂着的瘦弱身軀竟壯碩起來。對先生講了這些，先生笑笑説，莫斯科餐廳也曾去過，但那裏“太高大了”，人在裏面有點不合比例。此外，也太吵鬧了些。我四面打量一下這個餐廳，才覺得這裏清靜，大小適度，適合先生這種儒雅之人。

先生點了菜，等候着，便開始問我上次拿的書讀了沒有。我告他先讀了湯姆遜的《古代哲學家》，因為先生囑我希臘哲學還要多看，所以先讀有關希臘哲學的綜述。先生馬上說，湯姆遜的這本書水平不高，他是想用歷史唯物論觀點看希臘哲學的發展。但有的地方太牽强，沒有說服力。其實我已經注意到先生讀這部書時在天頭地腳密密麻麻寫滿了批注，對這部書的論述方法多有指責。先生說你只需從這本書得一綫索即可。希臘哲學中最重要的問題，他多有忽略，比如蘇格拉底，他幾乎一字不提。柏拉圖的《申辯篇》你一時還不能領會。我要告訴你，讀哲學第一步就是讀懂蘇格拉底，他是哲學家們的哲學家，這一點你要用心記住。看先生嚴肅的樣子，我豈敢不用心記。

先生以為，蘇格拉底所使用的方法是所謂“精神接生術”，就是要人不是先思考哲學，而是先哲學地思考。前者是以哲學為對象，後者是以哲學為生活。以哲學為生活就要對社會中的問題取一種哲學的態度。這種態度就是知道自己是無知的。蘇格拉底最寶貴的知識是“知己無知”，自己的各類定見都可能是錯誤的。若有人告你有一種放之四海而皆準的真理，那你先要懷疑這宣揚者的道德，因為他在說着一些他並未深思過的東西。何謂真理？何謂標準？但這並不是相對主義，因為它不涉及對某一具體結論的定評，只關心你是如何獲取這些結論的。先生說，張揚人的精神生活的神聖性始自蘇格拉底。人的精神生活要以尋求“善的知識”為目的。同樣，教育的目的也在於使青年人學會探求善的方法。一個好的政治家就是懂得以善為治國理想的人。他曾譴責那些僭主"用裝滿貨物的船隻而不是用道德充滿城邦"。先生特別強調，蘇格拉底要做普通人的朋友，而不做權勢者的辯士。先生又說，希臘大哲可分兩類，體系型的，如亞里士多德，詩人型的，如柏拉圖。但蘇格拉底超於兩者之上。柏拉圖寫對話錄，亞里士多德寫形而上學。先生佩服亞里士多德而喜愛柏拉圖。亞里士多德教誨了亞歷山大大帝，真作了帝王師。柏拉圖推崇"哲人王"，這點蘇格拉底知道了會不高興。因為他是信奉平等對話的人，而不要稱王，哲人王就不會對話了。先生笑柏拉圖自奉蘇氏嫡傳，卻未學得真髓。

我聚精會神聽先生講，同時記着筆記，幾乎沒動筷子。先生卻邊說邊吃，毫不在意。猛然發現我面前的飯幾乎沒動，便說該課間休息了，先吃飯。我狼吞虎咽吃完了飯，便搶着要去付錢，先生攔住我說，你才掙多少錢？我們兩人比，我是 rich peasant，你是 poor peasant，便自己去付了錢。那時我是二級工，掙三十九塊八大毛，先生的教授工資大約有兩百多塊。從此先生和我去飯館見面，總是先生付錢。

離開萃華樓，天大黑了。我陪先生到地安門，便分了手。先生乘七路無軌去動物園換三十二路回北大，我乘五路汽車去德勝門換車回清河。趕回學校，校門已關，翻牆進校，悄悄溜回宿舍，躺在床上把先生所講在心裏回述一遍，結果再難入睡。朦朦朧朧似乎睡了，覺得有人推肩膀，睜眼一看，同屋的守法站在我的床邊，兩眼含淚，哽咽着說：“越勝，周總理去世了。”那是一九七六年一月八日的清晨。

四

周恩來的追悼會開過了，鄧小平含淚致悼詞，毛澤東沒有出席。會後出現了京城百姓十里長街送總理的感人一幕，那一刻我也在場。後來我們知道，三周之後的除夕，毛澤東的工作人員在他的住地——游泳池放了歡快的鞭炮。毛終於讓周死在了他的前面。這個決心其實自周查出患了癌症時就已下定。

班裏的同學決定去天安門廣場給周獻一個花圈，表達悲悼之情。在那時，人們都認為周代表着黨內正義和道德的力量。他的去世，使未來中國的政治變化更晦暗不明。當局已有各類禁令下達，老師也來班上勸阻，但我們堅持要去，學校並未強行阻擋。記得是楊曉明大姐找來的大轎車，袁懋珍大姐領着女同學扎起花圈，幾位朋友商量着起草了悼文。在天安門廣場凜冽的寒風中，全班同學宣誓，要以周總理為榜樣，把無產階級革命事業進行到底。離開廣場後，我們幾個人在南長街北口康樂食堂吃飯，祖衛情緒悲憤難抑，伏桌痛哭。幾個人酒後放膽，大罵阻撓人們悼念周的那些左派。只是我們當時還不知道，他們叫“四人幫”。這是毛澤東給他最親近和信賴的人起的名字。

在這個激動不安的時刻，我一直沒去先生家聽先生教誨。二月初，春節過後，先生來信約我在康樂餐廳見面。康樂餐廳是家有名的餐館，原先似乎在王府井一帶。後來漸漸大眾化了，成了普通的大眾食堂，搬到了交道口十字路口西北角上。不過名聲仍在，先生大約是因了這名聲才約我去那裏。北京的二月初，天寒地凍，剛在餐館坐定，外面就下起雪來。雪花漫天飛揚，霎時間街宇皆白。天黑了，餐館裏的霧氣在玻璃窗上蒙了一層白色的柔紗，透過它，能依稀望見外面雪花圍裹着昏黃的街燈飛舞。

周恩來去世後，中國的政治空氣格外詭譎。稍有知覺的人都知道搏殺在即，但鹿死誰手殊難預料。先生這時約我見面，當然不是為了教我康德，他是心中不安。詩云：“式微，式微，胡不歸。微君之故，胡為乎中露。”先生心中的“君”就是國家大事。先生悄聲問我，聽說毛是故意不去周的追悼會的。他對周不滿，認為周是反文革力量的總後台，可是真的？又自言自語的說兩人共事這麼多年，毛還不瞭解周的為人？周是不會跟他鬧對立的。先生當時一再為周抱屈，卻不指責毛的寡義，只是說毛身邊的人對周不滿，因為他們想拿到更大的權力，所以在毛耳邊說周的壞話。先生以一介善良書生之心，猜度黨內殘酷內鬥，顯得有點天真迂闊。其實，從七四年批林批孔開始，毛對周的不滿早就表面化了。在毛看來，周身邊聚集着一群隨時準備清算文革的人，而這群人早晚會清算到他頭上。毛對周的防範打壓已是黨內公開的秘密。周去世之後，京城內小道消息滿天飛，大多集中在毛周關係上。先生聽到不少傳聞。他知道我消息渠道多，便總把聽到的消息告我，核實一下是否可信。

和先生東拉西扯了一會兒，先生很小心地從他的制服棉襖口袋中掏出一張紅綫橫格紙，上面有他手抄的溫庭筠詩《經五丈原》：

鐵馬雲雕共絕塵，柳營高壓漢宮春。
天清殺氣屯關右，夜半妖星照渭濱。
下國臥龍空寤主，中原得鹿不由人。
象床寶帳無言語，從此譙周是老臣。

先生遞給我，說別人告訴他，這是周恩來在去世前抄給毛澤東看的。“象床寶帳”指被打倒的老幹部，譙周指中央文革中的左派。其實，有關這首詩的傳聞我早就聽說過，在七五年下半年就有人傳抄，我讀到它是一位朋友抄給我的，用的是幾可亂真的歐體正楷，那時他正苦臨歐陽詢的《九成宮》帖。但我確定先生所聽傳聞並無根據。同時流傳的還有一個完全相反的說法，說這詩是毛澤東抄給他身邊人的。“下國臥龍”、“像床寶帳”都是他本人自詡。所謂“空寤主”是指他費盡心力培養的接班人前途叵測，而最終譙周一類投降派會得勢。聯想七五年評《水滸》、批宋江投降派，而周恩來已被江青罵作投降派，所以說這詩是毛抄給他的親信的，倒更像。我將此分析給先生聽，先生連連嘆氣，說怎會如此。如果毛這樣認定，則國事糜爛更加不可收拾。那天和先生吃飯，氣氛沉重。先生不似往日的談笑風生，顯得心事重重。我少見先生如此，問他，他嘆息道，國家如此下去怕有大亂啊。我當時年輕，並無先生那麼深刻的危機感。只是深知專制體制全無人性，從心裏厭惡這種粗鄙野蠻的權爭。其實，政黨權爭本與百姓無關，林沖手刃王倫，關大宋百姓何事？伯爾上校與漢密爾頓決鬥，亦不干擾美國公民的生活。只是當局從蘇俄學來的這套黨國制度，讓權爭禍及百姓。

飯後，走出餐館，雪已停了。街上少人行，清冽的寒氣撲面而來。抬頭見冷月高懸，夜空如洗。餐館門前就是七路無軌電車，我要送先生上車，但先生說還早，“再走走，談一談吧。”先生喜說“再談談，再談談”。每逢此，我當然從命。我怕先生受寒，叫他放下栽絨帽子的護耳，再帶上口罩。先生笑了，說那就既不能聽，也不能說，你是要我又聾又啞啊。怕冰凍雪滑，我便在靠馬路一側輕扶住先生，先生抬起腳說沒關係，我的鞋底釘了膠皮，不滑的。果然，見先生那雙五眼黑棉鞋底上釘了一層輪胎。我們西拐，沿着鼓樓東大街，順大、小經廠一路緩行。剛下的雪鬆鬆軟軟的，走上去嘎吱嘎吱響。街上幾無人迹，偶有電車緩緩駛過，導電杆滑過電綫，留下悠長的泛音，像巴赫“G弦上的咏嘆”。車過後，晃動的電綫鞭打着路旁老槐樹的枯枝，枝上積雪簌簌落下，灑在先生肩頭、帽頂上。先生並不知覺，不時揮動一下那根黃藤手杖。在這靜謐的雪夜，我伴着先生行走在玉潔冰清的世界裏，不再理會四圍黑暗的逼迫。已記不清具體談了些什麼，但肯定不是哲學，多半是交換對國是的看法，對未來的估測。不知不覺已走出兩站多地，到了鼓樓牆下。怕再晚了耽誤動物園的三十二路車，我硬讓先生上了車。電車開動之後，先生舉起手杖向我晃了晃，就坐下，隨着電車啓動的嗚咽聲遠去了。

那天回家，半夜心不安，怕先生滑倒，怕先生沒趕上末班車，怕……。早起急忙投了封信給先生，問個平安，那時先生家裏沒有電話。問聲平安，要靠四分錢郵票。兩天後收到先生的信，短短的，說“雪夜漫步京城，心情大好”。

三月間，也去先生那裏。但後來查看當年的讀書筆記，竟不見先生授課的內容，只記有先生指示我讀的一些書目。想必三月裏見面都談國是、政治了。四月六日早起，大谷在班裏悄悄告訴我，昨夜警察和工人民兵出動，血洗了廣場。當晚，學校通知各班同學都去食堂聽重要新聞，在播音員鏗鏘有力的聲音中，我們知道天安門廣場悼念周恩來總理的行動，被定性為“反革命事件”，鄧小平下台了。我立刻想到此刻先生必然心焦。他一直預感要出大事，果然就來了。心裏計算着快點去看看他。那幾天，課基本停了。大家都要討論學習當局的新精神，表態、聲討天安門廣場的“反革命分子”。但實際上，討論學習成了關起門的牢騷會。我瞅個機會就溜出學校去了北大。

想像着先生會很關注政局的大變動，正準備着倒給他一些新聽說的小道消息。但先生出人意料地平靜，說天安門廣場他去看過了，人心向背已明，我們要等着看好戲。先生的書桌上擺滿了一摞摞的書，書中插滿了手抄的卡片。先生正在忙着案頭工作。先生平靜地說，學校正布置新的運動，這次批鄧是重點。總有人會跳出來的，系裏文革積極分子多得很。走近書桌看先生攤開的書，是《文藝復興至十九世紀哲學家、政治思想家關於人性論人道主義言論集》，裏面夾滿紙條，紙條上注着一些書名和頁碼。先生見我不解，說這是六十年代為了配合反修，批判人道主義編寫的資料集。書是他編的，序是他寫的，但僅限內部發行。先生說這些年他又發現了許多資料應該補充進去，但重印這部書絕無可能。只是覺得工作總是要做的，得空就自己動手做。邊說邊苦笑道，也算個娛樂吧。在這黑雲壓城、風雨滿樓的時候，先生卻回到書桌，重伴青燈古卷。我一下想起袁世凱稱帝后，風雨淒迷，魯迅在京城紹興會館中抄嵇康：

何意世多艱，虞人來我維
雲網塞四區，高羅正參差

但先生所做，其意義卻遠超過傷時自悼。先生所披編者，是人類所共尊的一點人道之光。希臘先賢中，先生極尊梭倫。正是梭倫，在僭主庇西斯特拉圖尚未得勢時，警告追隨他的“群眾”：“你們真是重視奸徒的言行，跟着狐狸走。”在他掌權之後，又是梭倫説，“僭主政治尚在準備之中時，較易阻止它，當它已經成長壯大，要去除它則是更光榮偉大的職責。”隨後他回到自己的家中，在平靜中繼續作詩指出雅典人的過錯，“是你們給了僭位者力量，讓自己淪為卑賤的奴隸。”先生踵武前賢，在四圍的黑暗中，持守着人性與人道的聖火。

我翻看這書，裏面盡是我所不知的先哲名言。讀幾段，不忍釋手。先生見我喜愛，便走到書架上拿出一本嶄新的書，説，我這裏還存有一部，送給你吧。並在扉頁上題字“送給越勝同志，周輔成於朗潤園”。這是先生送我的第一部書，卻是影響了我一生的書。後來我知道，它不僅僅影響我一個人，而是影響了一批有志於學的青年學子。天予就曾對我説過，先生編的這部書讓他都“翻爛了”。先生在序言中寫道：“二十世紀的人性論與人道主義思想，實際上是十九世紀的繼續。不過社會主義的人性論、人道主義卻更為壯大，影響也更廣。這也是發展的必然趨勢。蘇聯的斯大林，提倡集體主義，後來他的對手便以人道主義來補其缺點。至於西歐的社會主義，幾乎全部大講特講人道主義，這也可算是時代的特點。”對我黨所擅長的意識形態批判稍有記憶的人都應該知道，文革前夕，在階級鬥爭的震天殺聲中，先生敢講人道主義是“發展的必然趨勢”，是“時代的特點”，敢直指斯大林的名字，提出“社會主義的人性論，人道主義”，該是何等的膽識。

七六年七月，京、津、唐一帶天搖地動。許是十載文革戾氣上動天庭？許是國朝奪鼎後千百萬屈死的冤魂大放悲聲？畢竟天地一怒無人能阻。只恨蒼天不恤孤貧，又奪我中華無辜百姓幾十萬性命。那一段，社會似乎停擺，學校也停了課。我整天東遊西逛，身上的書包中總裝着先生贈我的書。先生授書給我時曾告我，皮科《論人的尊嚴》是文藝復興初揚時的重要文獻，是人道反抗神道的宣言。先生還説，愛拉斯莫的思想在人文主義興起中意義非凡。《愚人頌》是一部需要反復讀的書。他借愚婦之口對社會的諷刺批判拿到現在來看都不過時。先生在書中收《愚人頌》二萬餘言，看得出先生對此書的重視。

八月初，京城到處都在建地震棚。學校工廠內存有角鋼、木方等材料，機械班的老齊、老穆幾個哥們兒就拿來又鋸又焊，蓋起了號稱“抗十級地震”的棚子。其實學校早就沒人了，蓋好也少有人住。那天我和祖衛去看老齊蓋的棚子，隨後就溜進了教學樓。地震之後，近十天沒進過樓。站在教室裏，見景物依舊，只是人去樓空。課桌講壇上積滿了灰塵，沒有了往日的笑語歡聲，沒有了先生講課的川音。我默默看着，有點傷感。祖衛突然唱起歌來：“在那金色的沙灘上，灑滿銀色月光。尋找往日踪影，往日踪影已迷茫。”歌聲優美悲傷，在空蕩蕩的樓道裏迴響。突然，我極想去看看先生，不知他的地震棚蓋得如何。説走就走，從清河直奔成府。

先生的地震棚蓋在離朗潤園不遠的一片空場上。那幾日傳説還有大餘震，所以不讓在樓裏呆。人們只好棲居在地震棚裏。我順着各式各樣的地震棚找過去，見先生坐在一把折疊椅上，一手拿着扇子不停地扇，一手拿着本外文書在看。見我來了，先生極高興，起身説出去走走。一邊抱怨地震棚裏根本睡不好覺，説他夜裏會溜回家睡，否則震不死也得累死，索性由它去吧，極達觀瀟灑的樣子。沿未名湖向朗潤園走，見十公寓樓旁的東牆上有一個大豁口，好像是地震後牆壁毀損留下的洞。先生説可以從這個豁口直接走到校外，便領我踩着亂石鑽出豁口。誰知牆外有道小溝，不深，但有近一米寬。我正想下到溝裏扶先生過去，未及回頭，先生竟一縱身躍了過去，身手頗矯健。可着實嚇了我一跳。畢竟是年過花甲的人了，哪兒經得起這般躲閃騰挪。先生卻全不理會，落定就向前面的田野走去。

我們一直向北，過一條小馬路就進了圓明園。那時，圓明園不大有人去。福海是一片荒蕪的蘆葦蕩，湖邊阡陌交縱，雜樹亂生，園內鳥啾蟬鳴，風清野靜。可能在地震棚裏憋屈久了，出外走動，先生興致極高。我們信步漫走，我恭聽先生隨意講評。過大水法殘迹，先生指着倒在地上的拱形門楣説，燒園後很久，這東西還立着，後來是咱們自己人給拆了。先生又講起火燒圓明園的經過，當年英法聯軍點火前在城內發告示，說為英法使團中被清廷虐待死的官員報仇。告示一發，就有刁民與太監勾結。英法聯軍撿了幾處點火，火一點起，內奸們就入園大掠。為掩蓋痕迹，掠一處，點一處火，致使大火蔓延不可收拾。這園子是外寇燒一半，內奸燒一半。先生講起項羽燒阿房宮。照《阿房宮賦》所講，阿房宮要勝過圓明園，但照樣"楚人一炬，可憐焦土"。先生說，阿房宮這把火實際上是秦始皇焚書埋下的火種。秦始皇焚書坑儒，讀書人便離心離德，認秦為"暴秦"。秦二世時，趙高指鹿為馬，就是逼讀書人昧良心說假話。章碣詩說："坑灰未冷山東亂，劉項原來不讀書。"可是劉項手下讀書人很多。所以，又有袁宏道說："枉把六經庇火灰，橋邊猶有未燒書。"有未燒的書，就有讀書思考的人。先生又說，其實這把火一點就是兩千年。英法聯軍能欺中國之弱，秦始皇焚書坑儒是立了功的。

地震前，我曾把我們哲學班寫的中國哲學史講義呈先生過目，先生始終未置一詞。現在回想，這部講義跟着儒法兩條路綫鬥爭的思路走，其粗陋、荒疏，想想都嚇人，先生實在無法評點。此時先生倒略談了一點對中國傳統思想的看法。先生說，春秋戰國，百家爭鳴，儒、墨、法、兵，各逞其能，是我們最有創造力的一段。而後，秦焚書，漢定一尊，中國思想興衰就隨當權者意志，獨立思想很少見了。先生感嘆，"禮失求諸野"都難。就算林下泉間有遺賢，要麼默默終老，要麼抓去殺頭。先生問我是否讀過嵇康《與山巨源絕交書》，我說這些名篇曾背過一些。先生說嵇康“七不堪”、“二不可”，推脱得够乾淨了。最後司馬王朝不容他，不管你隱還是不隱，一樣殺頭。有思想的頭腦都砍了，民族還能有什麼創造力。“禮失求諸野”？恐怕朝野都一樣，只剩鄉願腐儒而已。沒聽先生這麼悲觀地談論中國思想，一時答不上話。後來讀先生論中國思想的著述，發現先生原本是相信“儒分朝野”的。或許文化革命大掃蕩，把先生最後一點寄托也吞沒了。沒想到先生竟說，他們那一代思想保守，經過太多運動，都成驚弓之鳥了。中年一代是搞運動出身，讀書時間不多。倒是你們這些文革中長起來的年輕人可能做點事情，思想上沒框框，敢想敢說。先生的希望讓我慚愧，心想自己倒是敢說，但大半是胡說，倒是沒框框，可也沒規矩。跟先生說了，先生說書讀到了就不是胡說了。

說到讀書，我就請教先生，愛拉斯莫的《愚人頌》指東說西，撲朔迷離，不好抓住重點。先生說，愚婦的話有時需要從反面理解，她是正話反說。先生又點撥道，《愚人頌》三大主旨：立身人道、宣揚寬容、批判專制。立身人道就是相信人性都是共同的，在共同人性之下，衝突都可以通過對話、妥協來解決，不像路德那種宗教極端分子，凡事非拚個死活。這就必須學會寬容。要爭取寬容的環境，就非反抗專制暴政不可，因為專制暴政是人性和寬容的死敵。愛拉斯莫借愚婦之口說，那些道貌岸然，反對別人感官享樂的人，只是為了自己“獨佔快樂”，又痛斥那些不賢明的王者是“可怕的掃帚星”。還借愚婦之口大讚“無知”，説那些自以為是的極端分子，“本來自己是頭驢，卻以為自己是雄獅。”先生説文藝復興時代諸賢人中，愛拉斯莫最近蘇格拉底。後來讀愛拉斯莫的傳記，發現他果然崇拜蘇格拉底，稱之為“神聖的蘇格拉底”。

地震後有十幾天，京城不見太陽，終日灰濛濛，悶熱蒸人。但那天與先生在圓明園散步，卻倍感清涼。不是天氣變化了，而是聽先生談古論今，心裏覺得暢適。先生還教我，讀文藝復興人文主義的東西，不能忽視那一時期的藝術。説丹納的《藝術哲學》可以一讀，那裏資料不少，傅雷譯筆也佳。可惜他文革一起就自殺了。先生説他有朋友和傅雷很熟，知道他的死是讓人逼的，而逼他的人現今正坐着高位。説罷黯然。

圓明園走走、説説、坐坐，不知不覺已近黃昏。先生又説找個地方吃飯吧，反正家裏也開不了火。我堅持要走，不打攪先生，先生卻執意不放，説吃好飯上樓把丹納的書找給我。於是隨先生沿北大校園外牆走了一會兒，到了南門外的一個飯館，隨便吃了點東西就送先生回家。進了家門，天尚未黑，先生很快找到了丹納的《藝術哲學》。我隨手一翻，見書裏天頭地腳又有許多先生的批注。讀先生用過的書，順便讀先生的批注，彷彿聽先生講課。先生又走回書桌，拉開抽屜，拿出一疊紙，説這篇東西你可以讀讀。請人譯了，但沒有收入資料集。我接過手，見是手稿，極工整地謄寫在方格稿紙上，是拉波哀西的《自願奴役論》。先生囑我一定保存好稿子，讀完還給他。説僅此一份，沒有副本的。我小心地把稿子放進書包。先生見我放妥帖了，又說，托爾斯泰是流淚讀這文章的。我竦然。

回去展讀這篇手稿，一連串的句子敲擊心扉。

拉波哀西劈面就提出問題："我只想弄清楚，怎麼可能有這麼多的人，這麼多的鄉村，這麼多城市，這麼多民族常常容忍暴君騎在自己頭上。如果他們不給這個暴君權力，他原不會有任何權力。"況且這個暴君"多半來自全體人民中間最膽怯和最軟弱無力的人。這種人並不習慣於真正上陣交鋒，倒是習慣於比武場耍弄花招。他不但不能治理別人，就連他自己也是由百依百順的婦人來侍奉"。在拉波哀西看來，要想改變這種受奴役狀態甚至不需"戰而勝之，只要國人都不願受奴役，自然不戰而勝。不必剝奪他什麼，只要不給他什麼就行了。國人無須為自己做任何努力，只要自己不反對自己就行了"。因為從根本上，"是你們自己使他變成現在這樣强大，為了造成他的偉大，你們不惜犧牲生命。他唯一的優勢還是你們給了他的，那就是毀滅你們的特權。只要決心不再供他驅使，你們就自由了。……只要不去支持他，他將會像從下面抽掉了基礎的龐然大物一樣，由於自身重力塌陷下來，就會被砸得粉碎。"

然而，拉波哀西卻絕望地看到："人民喪失了理解力，因為他們再也感覺不到自己的病痛，這就已表明他們是奄奄待斃了。甚至現在的人，連熱愛自由也覺得不自然。……人們完全忘記了自己的自由，所以要喚醒他們把自由收回來，是困難的。他們甘願供人驅使，好像他們不是喪失了自由，而是贏得了奴役。”拉波哀西分析說，“人們最初是受迫才供人驅使的。但是他們的下一代就再也看不見自由，他們已經無所遺憾地供人驅使了。他們自願地完成着他們的前輩只是由於强迫才去做的工作。所以，生於羈紲，長為奴隸的人，都把他們出生的環境，當作自然狀態。竟然從來不願意看一看自己的遺產證書，以便弄清楚他是不是享有了全部遺留給他的權利，人們是不是從他自己身上或者他的前輩身上剝奪了什麼東西。”

拉波哀西斷言：“暴君沒有愛過，而且也不會愛任何人。友誼是神聖的名詞，是一種神聖的感情。只有正派人才能建立友誼，也只有在互相尊重的基礎上友誼才會發展。它不是靠恩惠，而是通過正直的生活才能維持下去。”拉波哀西呼籲：“讓我們行事善良吧，不論是為了我們的良心，不論是為了對美德本身的熱愛。我深信，在上帝看來，沒有比暴政更可惡的東西了。上帝會在來世單獨給暴君和他們的走狗，準備下特殊的懲罰。”

放下拉波哀西的文章，心緒難平。先哲對自由燃燒着的渴望，對人之為人的權利與尊嚴的捍衛，打動着我，也困惑着我。我從未經歷過這樣一種精神上的冒險，也從未意識到從公民政治權利的角度上看，我們根本就是奴隸。更沒有想過，這奴隸地位是我們每日欣然樂在其中的。意識到這點，有痛苦，有無奈，但更想知道為什麼。想此文對托爾斯泰的震動，便覺我們與先哲之間心曲相通。從先生不及一年，但漸漸明白，我們其實從來沒受過教育，只聽過宣傳，便把那些欺人的大字眼當作了人生指南。我們的心靈蒙昧昏暗，我們的熱情虛驕盲目，很容易被人鼓動起來去作傷天害理的事情。文革初起，我尚年幼，但也曾羨慕過哥哥的同學們手提皮鞭，耀武揚威的樣子。由仇恨澆灌的心田最適合生長致命的毒芹，只有自由與博愛的乳汁才能養育高貴的人格與優雅的心靈。我給先生寫信談我的心得，先生回信說，作奴隸不可怕，人因不可抗拒的原因而淪為奴隸的情況時常會有，但記住不要自願做奴隸。讀書思考就是為了提醒自己不要淪為奴隸而不知。先生對此點的警覺與反省堅持不懈，九一年先生在印度寄文章給我，先生說："過去我們對這個世界沒有好好地愛它，讓它少受陰影的干擾，有負於它。更令人痛心的是，我們竟然也隨着陰影活動，作了它的順民、奴隸、幫兇，有時自己還和他們一起，覺得自己了不起，自鳴得意，真是可憐可憫，又可恥！"先生這樣一個純厚之人竟如此痛責自己，他內心的深覺，我們晚輩能不悚然?!

一個月後，毛澤東離開人世，再一個月，他的親信被他的戰友下了大獄。一股莫名的歡樂席捲中華大地。我寫了一篇文章叫《秋天裏的春天》寄給先生，先生來信鼓勵我這篇初中生習作，又說，塵埃落定，你應該讀書了。

五

七七年底，社科院面向社會招收社科研究人員，經父執介紹，我遞交了幾篇論文，竟得哲學所領導首肯，過了年就去哲學所報到。先生知我到哲學所工作，很高興，說哲學所的專業圖書在國內首屈一指，特別是有購書外匯，每年可以購國外書刊若干，能夠隨時瞭解國外哲學研究的新進展。先生說僅為此就應該好好慶賀一下，約我去他家吃飯。

七八年，時值落實知識分子政策，校方給先生分配了一套新房，在北大西門外蔚秀園。文革中先生在朗潤園一直與別人同住，起居讀書皆不方便。當時有人勸先生不要離開朗潤園，說再堅持一下，別人總會搬走的。但先生太盼望能有一方自己讀書的清淨天地，故堅持要搬家。大約在三、四月間，我去了先生新居。當時樓剛建成，路都未整修好，樓前水泥管、鋼筋、灰土爛泥，一片狼藉。先生新居在一樓，敲開門，先生神情愉悅地引我進屋。我祝賀先生喬遷之喜，先生笑答，不是喬遷，是被掃地出門。想想先生是無奈才離開居住了幾十年的朗潤園，我也有些傷感，畢竟那裏才是我開啓智性之航的港灣。回想與先生促膝窄室，四周典籍環繞，聽先生談古論今，那熟悉的氛圍，甚至氣味都如在身邊。我本天生懷舊之人，在這陌生的新居裏，有點不適應。真是新房子，屋裏滿是油漆、水泥、沙灰的味道，打攪了舊有的書香，往昔的靜謐。幸虧那兩把舊扶手倚還在，見之如遇故人。不過先生在這裏，等幾日，書香自會歸來。

先生問起我進哲學所後的工作，我告他正在隨劉青華先生學做哲學期刊資料的主題分類。先生說你正可借機大量瀏覽。我告先生其實還難見真學術，大量文章屬撥亂反正之作，仍在清理四人幫的思想。先生自然又問及我讀書的事兒。自先生七五年底命我攻外文，七八年時我已能對英文原著粗通文意。先生說你能讀原著，便要選幾部耐讀的名著來讀。現在你還不到廣泛瀏覽的時候，所以要讀得少，讀得精，像希臘哲學，伯奈特的《希臘哲學史》是要讀透的。先生指點我說這部書哲學所圖書館一定有，但也許借的人多，若你借不到，我從北大圖書館找來給你。遵先生囑，我找來這本書讀。這確是一部博大精深之作，特別是對蘇格拉底的闡述獨有所見。他強調蘇氏提拔精神生活，集寬、智、勇於一身的求真精神。先生以為伯奈特講哲學家從人格着眼，梳理精神氣質與學理探求的關係，很高明。在先生的引領下，我常在所裏圖書館流連，果見群書沓來，目不暇給，眼界為之大開。

七十年代末，解凍之始，玄冰漸融，開始有了西方古典音樂、中外名著面世。也上映了一些外國影片。其中有一部日本片子，它改編自日本女權主義作家山崎朋子的紀實作品《山打根八號娼館——底層女性史序章》，記述日本世紀初貧苦女性被迫漂流東南亞為娼的史實。這些被稱作“南洋女”的底層民女，或被騙，或被賣往南洋為娼，受盡折磨凌辱，多數人死而無歸。她們渴望回到故土，回到親人身邊，死後的埋骨地也面向大海，朝向日本。所以電影的名字叫《望鄉》。由於影片涉及到南洋女的賣春史，影片中有些妓院的場景和曖昧的鏡頭，所以上映後引起一些衛道士的不滿。

那天我在所裏資料室看資料，碰巧翻到幾封有關《望鄉》的群眾來信，其中有些言辭激烈，大罵影片“誨淫誨盜”、“腐蝕青年”，聲稱毛主席他老人家地下有知會死不瞑目，等等。用語極粗鄙、狂熱、刻毒，能感覺文革陰影不消，餘孽猶存。更可怕的是他們要求立刻禁演此片，並組織專門機構重新審查各類文藝作品，判定香花毒草。當時嚴家其先生在資料室，我把這些東西給他看，也談了我的看法。嚴先生贊成我的觀點，要我寫篇文章來辯駁，說他會送給《光明日報》，因為當時《光明日報》是思想解放的先鋒。我連夜寫完了文章，由於文章涉及到道德問題，題目就定作《〈望鄉〉的倫理學》。第二天交嚴先生看，他提了幾點修改意見，我便請他共同署名。我是新人，為尊重嚴先生，請他署名在先。嚴先生謙謙君子，說文章是你寫的，我只是提了點意見，你當然是第一作者，說着拿筆把稿子上他的署名改到了後面，就拿着稿子走了。兩天後文章在《光明日報》上刊出了。幾天後我收到了先生的信。

先生祝賀我發文於《光明日報》，說你這是第一次發文章於正式刊物，希望今後能多有議論公之於眾，同時鼓勵了我的文章，說這是一個很要緊的論題。先生感嘆幾十年來道德學說蕩滌一空，人們只談階級而不談倫理。雖說社會有階級區分，但善惡標準卻是不移的。善惡是人內在品質的表現，並不依人的社會地位來評定，更無涉個人所操何業。先生引《禮記》中語“雖負販者必有尊也”，“貧賤而知好禮，則志不懾”。先生說你談《望鄉》的倫理學，實際上是談妓女的道德。這看似悖論。妓女在世人心目中總和道德淪喪相聯。妓女這個名詞似乎就是道德敗壞的象徵，但誰能說妓女就沒有道德？先生說，談妓女的道德人格，古今中外並不罕見。古有唐人白行簡的李娃，清人孔尚任的李香君，今有陳寅恪的柳如是。外國有薩特的麗茜，《望鄉》中的阿琦婆。她們都是心中有大義大愛的人，貧賤屈辱中不失善良與自尊。倒是那些高居人上的帝王領袖常常是大惡之人。在中國古有桀紂，今有四人幫，在外國古有尼祿、卡利古拉，今有希特勒、斯大林。先生說權力、地位並不帶來善。權力只在弘揚和實現善時，才是有道德的。可惜世人常以地位、權勢、金錢來衡量價值，判斷善惡，結果把肆無忌憚的罪惡當作偉大來崇拜，實為大謬。那些大受崇拜之人正不知做了多少惡，人們卻依舊閉着眼睛朝拜。這實在是揚惡抑善的人世悲劇。先生援引《孟子》：“不仁而在高位，是播其惡於眾也。”

與先生幾年交往，在言談話語、往來書信中能感到先生心中的熾熱。凡論及時政、品評人物、闡發學理，總着眼於家國興亡、善惡揚抑、大道存廢，偶談及文革中對讀書人的摧殘羞辱，熾熱便化為幽憤，指斥群邪若金剛怒目，大異日常的溫文爾雅。此時真如子夏所言君子“望之儼然，即之也溫，聽其言也厲”。國朝幾十年的政治洗腦、思想管制、學術式微，讓先生心有隱痛。先生苦惱於講壇之上難談真學問，而奉承時尚、照本宣科又必致謬種流傳。這個矛盾常常撕扯着先生那樣不肯全盤輸誠的老一代讀書人。陳寅恪先生哀嘆“而今舉國皆沉醉，何處千秋翰墨林”，先生亦有同悲。在先生看來，文革不僅破壞了國家的經濟建設，同時也敗壞了社會道德生活，而這是動搖了立國之本。先生長期致力於道德哲學，對此亂象有較他人更刻骨的體認。先生以為撥亂反正主旨在於收拾人心，而我卻以為要在制度的脱胎換骨。與先生爭辯，偶有言語過激，先生也不以為忤，總是靜靜地聽我陳述，若覺我乖謬過甚，先生的救治也是引經據典，或示我以必讀之書。此次先生來信，指評我的文章，也隨帶教我 Ethics 與 Moral 在用法上的細緻差別。我本對道德哲學所涉甚淺，卻提筆妄談倫理學，先生抓住此點，讓我一窺門徑。

一九七八年初夏，有位同窗好友想報考北大哲學系，開始復習功課。我一直忙於調動工作，未及準備，現在受他鼓舞，也想一試。七八年十月底，先生體檢時發現尿蛋白偏高，懷疑腎臟有問題，入住北大校醫院檢查。我去醫院看先生，見他精神很好，似未把這病當回事。見先生依舊談興十足，便和先生談起我想報考的事。先生想了一下，口氣肯定地說，我看你不必報考大學本科了。先生說中國大學之前的教育是沒有哲學一科的。哲學系本科生入校要從頭學起，都是上基礎課。你已經有相當基礎，再從頭學起有些浪費時間，不如直接報考研究生。當時的政策允許有同等學力者直接報考研究生。先生的話讓我興奮，但因不知其中深淺而有些猶豫。先生斬釘截鐵地說："你能行。"

先生說我行，自然就要一試，便問先生取何專業方向。當時從先生讀哲學史較多，便問先生是否報考西方哲學史專業。先生不贊同，說讀思想史是為開拓新的研究領域打基礎，專做某一哲學史流派的題目容易限制自己的眼界，成為"專家的專家"。先生說研究題目還是在現代西方哲學中找吧。至於報考何處的研究生，先生的意見是不必報考北大，因為現代西方哲學的研究都是起步不久，哲學所的條件可能更好些。前不久我瀏覽國外現代哲學時曾對阿多爾諾的《音樂哲學》有興趣，後又被馬爾庫塞借助弗洛伊德的精神分析法批判後現代社會所吸引，聽先生講要在二十世紀西方哲學中找題目，心中便定下了法蘭克福學派為研究題目。七九年初便報考了哲學所現代外國哲學研究室杜任之先生的研究生。隨後，幾個月閉門不出復習功課。待考取之後，因杜先生年事已高，身體不適，便轉在徐崇溫先生名下讀法蘭克福學派，同時繼續隨輔成先生讀西方古典。雖不在他門下，但先生仍視我如弟子。我又開始了新一段收穫甚豐的讀書歲月。

六

入讀研究生院之後，我只去了趟哲學系所在的十一學校，便不再露面。那時社科院研究生院沒有自己的校園，上課要借用北京師範大學的校舍。像我這樣家在北京的同學除了看着課程表去師大之外，真是自由自在。當時除了專業課，我選了英語提高班和宗教系的課，曾去聽趙復三先生講基督教。念研究生三年，基本上是泡圖書館。除了所裏圖書館就是北京圖書館。當時的北圖在文津街，緊貼北海西岸，是明玉熙宮舊址，屋宇恢宏肅穆。進大門，穿過條石漫地的庭院，沿漢白玉砌就的台階拾級而上，跨過厚重的古銅色門檻入廳，一股馥郁的書香撲面。高大空曠的閱覽室內，一排排篤實古樸的長桌，一把把寬大舒適的圈椅，一盞盞黃銅綠罩、柔光泛泛的台燈，黃昏時分，夕輝透過高高的花棱窗潑灑到光潔的水磨灰地磚上，繪出規則的花紋，寧靜、溫馨，坐久了便有微醺。

先生有個習慣，每個月初都要到北圖來查閱新書目，借閱一些北大圖書館沒有的資料。自我開始讀研究生，先生便提議每月選一天在北圖見面。先生說我在讀書學習中碰到問題可以在北圖查書解決。同時可以“見面談一談，然後找個地方吃飯”。這個約定持續了兩年左右。沒有特殊情況，我與先生每月初都會碰頭，直到我的學位論文答辯結束。許多要讀的書都是在北圖借讀的，例如傑伊· 蓋的《法蘭克福學派史》，哲學所和北大圖書館都未入藏，是先生用他的個人借書證從北圖借出來給我讀的。那時辦理北圖的個人借書證需要一定的級別。記得當時哲學所有一張北圖的集體借書證，需要借閱北圖館藏時得請所裏圖書館出面借，很不方便。先生有一張北圖的個人借書證，可能是教授的待遇。所以每次在北圖見面，我會請先生為我借我想讀的書。一天先生聽人說起，某級領導幹部可以在北圖辦個人借書證，而且因為首長忙，借書時不需本人出面，有聯絡人可以代辦。先生說你可以當你父親的聯絡人。我大喜，原來只知有內部購書證，現在知道還有內部借書證，於是請父親單位開了介紹信，由我充當聯絡人，在北圖順利地辦了一張個人借書證。當我把那個深綠色塑料皮的借書證放進口袋時，山川日月一身藏了。

每月享受隨先生出入北圖的快樂。有時我到晚了，見先生已在閱覽室伏案工作，桌上放着一摞書，桌邊靠着那支黃藤手杖。先生聚精會神地翻閱抄錄，偶爾會起身到目錄櫃去查卡片，動作輕快敏捷，那支手杖倚在桌邊，有些失意的樣子。與先生輕聲打個招呼，我便去查閱自己的資料。各自工作到中午，還掉書，一起走出圖書館去吃飯。通常沿文津街向東，過北海大橋，繞着團城圍牆走到北海南門外的仿膳小吃店用餐。我讀研究生後工資漲到五十六塊一月。但先生仍堅持由他付賬。經我力爭，先生同意輪流付賬，但幾乎每次他都執拗地說上次是你付了，這次該我了。結果我大約從來沒付過賬。

八一年初春，依慣例與先生在北圖見面。先生說景山西街新開了一家粵菜館，名叫大三元，今天完事後可以去嚐嚐。傍晚時分離開北圖，沿文津街老路往景山西街。三月春淺，太液西岸新柳初黃，和風輕拂，柔條依依。北海在文革中曾作了公僕們的私家園林，我們高貴的押寨夫人曾騎馬園中徜徉逡巡，而今重新向民眾開放，也是政府的一份恩德。上得北海大橋，天上飄起綿綿雨絲，北京春雨後特有的那股土腥味撲鼻而來。濛濛雨霧中，見左手瓊華島上朱牆金瓦掩映綠叢。不遠處，故宮角樓黃昏獨立，寂寂似有幽怨。這裏是京城最美的一隅。惟靠中南海一側，莊嚴華美的漢白玉橋欄已被二米餘高、帶倒鈎的鐵柵欄所替，給這柔美秀麗的景致平添幾分猙獰。行在橋上，先生舉手杖一指鐵柵，說他們總要把自己關在監牢裏。想當年光緒帝幽禁瀛台時，這裏也沒裝鐵柵欄。共和七十年後，我們卻只能透過鐵柵欄眺望瀛台了，怎不讓人掩涕嘆息？

過三座門兒進景山西街，大三元酒家坐落在路東一個古色古香的院落內，門口國槐樹下立着一個菜單的招牌，倒是前所未見。我一眼看去，菜單上多為五元至十元一道菜，覺貴得離譜。想當年我們在清河小館喝酒，滑溜里脊、銀絲肉也不過五毛錢。沒想幾年後竟見到十倍價格的菜。我對先生說此處忒宰人，不知京城窮書生盡是打秋風的。先生說偶一為之，嚐嚐粵菜也未嘗不可，便要進院。我想這次肯定又是先生付賬，這麼貴的菜讓先生破費太多，便堅執不肯。先生拗不過我，只好作罷，但心有不甘，嘮叨說“一頓飯也吃不窮人”。我挽着先生胳膊，半拉半拽地帶先生出了景山西街，沿着筒子河向沙灘走。河邊寬寬的人行道旁滿栽丁香、迎春、榆葉梅，淺紫、亮黃、深紅雜錯。薄雨漸止，嫩芳新濡，初暝暗染。我與先生緩行在早春的溫馨裏，雖迥異於七六年初踏雪深冬的凜冽，但先生教我愛智求真，立身以仁的宗旨卻一如既往，無絲毫改變。

一路行來，我向先生講起近來讀批判哲學的心得。講到馬爾庫塞在分析後現代社會對人的控制時，借用了弗洛伊德的精神分析學，特別是用弗氏的本我、自我、超我分層結構來討論社會文化問題。先生便問我是否注意過白璧德的新人文主義，説白氏的理論中也談過自然的、人文的、宗教的三級結構。他的核心概念“內在掌控”(inter check) 其實也是心理學的用法。白璧德也把人格分為“高尚自我”(higher self) 和“卑下自我”(lower self)。在談到宗教問題時，白璧德有個“原我”(ordinary self) 的概念，認為原我被高尚自我所控，就產生宗教感，而弗洛伊德把宗教感歸因於超我投射 (projection)。雖然兩個人用的術語不同，但意思卻有相近處。先生仔細想想説，他不記得白璧德曾談起過弗洛伊德，雖然他們差不多是同時代人。白氏也曾抨擊鍍金時代的物質主義，這和法蘭克福學派對單維社會的批判有相似處，似乎是同一問題的不同階段。先生説白璧德在中國影響很大，吳宓先生和《學衡》同仁對白是頂禮膜拜的。要思考二十世紀前半段的社會文化思想，白璧德值得一讀。先生特別講到白氏對大學教育的看法，説白氏最反對教育有“進步”一説。他以為教育就是要“保守古典”，大學教育必須是人文的，連科學訓練也不能脱離人文觀照。真有趣，馬爾庫塞本人也有類似看法。先生説這不奇怪，自希臘以來的思想傳統大抵不脱巢臼，後來的科學至上主義是走偏了。對現代文明的反省總還是要回到古典中去找資源。

先生又講到吳宓的往事。他與吳先生私交甚篤，稱吳先生為老師，其實他們是亦師亦友。翻閱《吳宓日記》，見多處提及先生。先生曾幾次撰文談吳宓的人生觀和道德理想，解讀吳先生詩作。先生指出吳宓的理想是“向上迎接理想，迎接至真、至善、至美”。而嘆吳先生道之不行，一生蹉跎。先生總結説：“吳先生的不幸，在他個人，最後也只能把自己的浪漫主義化為他的道德理念學(moral ideology)，把他的愛化為宗教精神，以安頓自己的生活。這是不幸的命運安排，但也是既悲且壯的安排，求仁得仁，有何怨尤！”

後來我才明白，先生談吳宓，其實也是談自己，談他們那一輩讀書人。他們浸淫於中國古典，又漫遊於西方精義，從來就抱着打通兩造、消泯畛域的雄心，也就是以求無分東西的普世價值為最高理想。在先生看來，是人則要用自由意志、自由選擇來實現自己的理想。而凡有理想高懸則必會在自由與必然、道心和人心上有衝突。不過，這種衝突的解決，恰恰要在求自由、求理想中實現。這是個神聖的任務。先生説“人類若無自由，不過是一架被動的小機器”。先生分析吳宓何以獨賞柏拉圖的《裴多篇》與《理想國》，說：“兩者都是要證明紛紜世界之外還有一理想世界，這是‘一’。如果以這個‘一’或理想為基礎，可以在繁雜的人世困亂中，寄托人的靈魂，在那裏可以有和諧靜穆，可以安身立命，也是人類最後要實現的目的。當希臘雅典已經由盛而衰而亡，群情惶惶不可終日的時候，柏拉圖的理想雖然來得太遲，無補於實際，但以後西方人民每每以此為理想，造成中世紀和近代的文明。”先生何不想實現此一理想？然一代淳儒，命運多舛，夙願不遂，人皆凋零。但先生亦深知“求仁得仁，有何怨尤”。

談話間已走到沙灘，在老北大紅樓旁邊胡同裏找了個小館，隨便點些東西吃。先生在飯桌上寫下幾部英文書名，都是有關新人文主義的，其中有白璧德的《盧梭與浪漫主義》、《法國批評大師》，說這些書北圖都有，很容易借到，要細讀了才知道新人文主義與批判理論究竟有何異同。大體上看，本世紀西方知識分子關注人文、藝術、道德問題的，都對工業文明有所警惕。二戰之後反思現代化更是熱門話題，但其中視角各不相同，都反思現代化，卻有相反的結論。走出飯館，天已全黑，華燈初上，京城春夜的味道真迷人。聽先生一席指教，有春風風人自沉醉的感覺。陪先生上八路汽車，在地安門換七路無軌，像七六年的冬夜一樣，先生揮揮黃藤手仗就遠去了。

七

一九八二年三、四月間，我開始準備學位論文。那時我讀完了國內能找到的馬爾庫塞的著作，對他的理論有了大致的瞭解。我認為他雖然以新馬克思左翼著稱，但骨子裏承繼更多的是德國古典哲學浪漫一派的血脈。以我當時所能見的資料，尚無人這樣定性馬爾庫塞的學説，所以我準備了一份提要，陳述我論斷的理由，和先生約好，去向他請教，希望先生能判斷一下我所準備的有關德國古典哲學、浪漫主義文學藝術的材料是否扎實。

到先生家，見他正在安一架新的咖啡機，是那種用沸水直接沖磨好的咖啡，通過紙袋過濾的新式機器。見我便興致勃勃地説，這是唐君毅先生的家人托人從香港帶來送給他的。先生與唐君毅先生青少年時就是至交，抗戰時期曾一起和牟宗三、程兆熊編刊《理想與文化》，先生曾回憶起："我們幾位手無寸鐵的書生，想借此表示我們為民族奮鬥的決心。……當時大家心中都想起宋代學人張横渠在抗金戰爭時期提出'為天地立心，為生民立命，為往世繼絕學，為萬世開太平'的抱負，以及西方費希特在德國國難時期《對德意志國民的講演》的故事。我們都感覺到不能都去喊抗日的宣傳口號，還需在本崗位上作些踏實的哲學建設工作。"先生對我説那時一起編雜誌，常常通宵達旦，困了就喝濃咖啡。他喝咖啡的習慣就是那時養成的。先生邊説邊擺弄咖啡機，一定要嚐嚐這新玩意煮的咖啡好不好。忙活了一陣，咖啡器終於嘶嘶地響了，片刻，淡淡的咖啡香便瀰漫在屋子裏，陽光正爬進窗子，三兩方光影漂浮在咖啡的香氣中，緩緩地游動。

先生倒好兩杯咖啡，便像往常一樣，坐在那隻老沙發上，頭向後仰，靠在沙發背上，左手在扶手上輕輕叩擊。我坐在先生右側，拿出筆記本說，上次和您談起準備論文中的幾個問題，想聽聽您的意見。先生微閉雙目，緩聲說“請講”。我知道，每逢此時，就是先生要集中精力認真聽而長考的時刻了。我剛一說出題目，先生就笑了，說浪漫主義的題目最難講，“它太浪漫了”。海涅有海涅的浪漫主義，白璧德有白璧德的浪漫主義。有十篇文章可能就有十種定義，你給自己選了個最麻煩的題目。我說雖然麻煩，但並非“羚羊掛角”，梳理各家之說能得其大意，況且不是求幾何定理，要精確到一絲不苟。思想文化批判總是取其一般特徵。先生點頭說，這自然是對的，就看你對一般特徵抓得準不準。我說像笛卡爾和盧梭，雖然都以概念、推理論思想，但區別極明確。這種大特徵是抓得住的。以此看馬爾庫塞的批判理論，就有話可說。

我以為馬爾庫塞的批判理論給人的審美藝術活動以突出地位。他在討論審美藝術問題時，給自己規定了任務，要證明在美與真、藝術與自由之間有着內在的聯繫。這表明他要完成德國古典哲學和浪漫主義文學早已提出的任務。他要在康德、黑格爾、席勒奠定的堅實基礎之上，借助弗洛伊德的精神分析說，重建審美新秩序，以對抗後工業社會的“工具理性”和“現實原則”。這個秩序正是諾瓦利斯“蘭花幽谷”中的秩序。他要以“自由遊戲”作為無壓抑文明的標誌，以卸載現代文明強加在人的心理上的“多餘壓抑”，使心理和生理上的愉悦統一於詩的王國。他要讓古希臘的神衹，愛與美的象徵俄耳甫斯、那喀索斯代替後工業文明中的英雄：政治強人、商業大亨、運動明星、社會名流，使人成為獨立的、審美的、有尊嚴的自由人，而不再是一群傻呼呼的、患有成長延緩症的追星族。

我列舉了所使用的各種材料，包括德國古典哲學家、浪漫主義文學家的著述，有關浪漫主義專題的論著，歐洲十八、十九世紀思想文化發展中的重要史實。先生認真地聽着，當我談到“自由遊戲”概念時，我引席勒《美育書簡》中的話“在美的國度裏，人們彼此只作為自由遊戲的對手顯身，這裏唯一法則是把自由供獻給自由”。先生便問我，席勒的自由遊戲概念出自何處，我答出自康德。先生很嚴肅地説，既有前因，你絕不該忽略，引徵材料要盡量溯其源頭，這是個方法，也是個原則。先生原則兩字説得很重，讓我臉紅。先生隨後説，我看你對康德《判斷力批判》讀得不細，其中第九節專論遊戲概念，你要回去再看看。我忙點頭。

我接着談到馬爾庫塞不僅極讚賞康德以審美活動為聯接知性與理性，自然與自由的樞紐，更認為這種樞紐功能意味着提高感性地位以反對理性暴力，最終要擺脱理性壓抑性的統治，使人通過審美活動開拓人與社會的另一維度。先生説這種講法已經遠離了康德。在康德那裏，三大批判無高下之分，各司其職而已。三大批判的核心就是一個“人”字，以人為中心，考察人的認知能力、道德訴求、自由意志，最終目的就是人。在這個出發點上可以説馬爾庫塞仍在德國思想傳統中。從他的論證方法、思想資源、價值評判上看，你説他是個浪漫主義者，我想是站得住的。特別是他總談美是自由的表現形式，這和席勒是一致的。先生説席勒的理想除了寫在他的美學論文裏，更多的是寫在他的詩裏，你要去讀他的詩，畢竟席勒作詩人比他作哲學家更有地位。遵先生囑，回去讀席勒詩集，讀到這樣的句子：

詩引領漂泊的人
走出陌生的他鄉
重尋天真單純
重回幼時茅廬
擺脱冷酷的枷鎖
在自然懷中溫暖安眠

這簡直就是馬爾庫塞的論文“審美之維”的詩意表達。真感謝先生指點迷津。

先生又問我，你認為馬爾庫塞這一派對現實的意義在哪裏。我答至多表示一種信念堅守罷了。我對理論改造現實的可能根本就極悲觀，尤其是後現代社會的整合力巨大，批判性的知識分子都邊緣化了，絕不可能有啟蒙時代的哲人那樣大的號召力。先生笑了，說我們的老祖宗孔夫子就是“喪家犬”。又說讀書人不為世用並不可恥，倒是讀書人當了權勢的幫兇才不光彩。我問先生論文題目是否可以叫《馬爾庫塞——批判哲學的浪漫主義騎士》，先生說論文題目你要聽導師徐崇溫先生的意見，我對論文不發表意見。又問先生能否參加我的論文答辯，先生說只要杜老和徐先生請他，他當然參加。

回家之後我又反復思考先生的問題，批判理論的現實意義何在。這在論文中是極重要的一塊。思考的結果記在筆記中是這樣一段話：“建立無壓抑的文明，在現存理論框架中看，確實是個幻想。馬爾庫塞本人頗明瞭這點。因而，若想走向他所指引的無壓抑文明，大半不能靠腳而要靠頭，或者乾脆靠心。想起這點真讓人悲從中來。但午夜時分，一支燭光也能為踟躕暗夜的旅人燃起一絲希望。朝霞縱然絢麗，但那要待曉霧四散，而並非人人都能等到清曉莅臨的一天。因此不管天光大開，還是燭光掩映，清醒的靈魂總守候着，只要有人守候，就總有破曉的可能。怕就怕我們都沉睡了。守候於幽夜是一種幸福，正如西西弗斯是幸福的一樣。”後來我把它寫入文章寄給先生，先生回我信說：“願與你和朋友們共同守候。”

八三年讀到賀麟先生的文章《康德黑格爾哲學東漸記》，賀先生說：“周輔成先生在一九三二年寫了《康德的審美哲學》（《大陸哲學雜誌》一卷六期），……周輔成先生是研究西方倫理學的，周先生曾‘惋惜中國尚不曾有介紹康德的美學的文字’，自告奮勇寫了這一篇文章。周先生的介紹相當詳細，全文共分兩大部份，一是批判力與悟性和理性的關係，一是審美判斷之批導。這是我國對康德美學思想最早較有研究水平的文章。”我才知道先生是介紹康德美學入中國的開山之人。我問先生為何從未向我提起，也未叫我讀他論康德的文章，先生淡淡地說，那是五十多年前寫的東西了，不一定有價值。我堅持向先生要，他挺不情願地從北圖複印了一份給我。我仔細拜讀先生的文章，雖然行文風格是五十年前的，但先生對康德美學梳理之清晰，解說之明確，總體把握之貫通，以我當時所見中文文獻，尚無人能及。老一輩學人學風真淳厚。像這種開創性的工作，不過是做過便完了。能與先哲對話，能有成果惠及後人便達初衷，其餘世間名利不過淡然處之。這種淡泊雍容，來自浩然之氣的涵養，來自古卷青燈的陶冶，來自“大道如砥”、“德不孤，必有鄰”的信念。先生已點燃燭火，又約我們同守暗夜，小子豈敢怠惰。

八

一九八二年六月，我要通過碩士論文答辯，先生應邀擔任我的論文答辯委員會主席。那天先生早早就到了哲學所，在走廊裏遇見先生，覺先生今天的樣子有點特別。後來才意識到先生特意着了裝，顯得格外整潔肅穆。我趨前問候先生，他很嚴肅地點了一下頭，就進了現外室，答辯就在這裏舉行。答辯過程中先生問了我兩個問題，記得有一個就是有關康德所論"無目的的目的性"。我回答得大致正確，其他先生也問了一些問題，所幸未出大錯。隨後我便出去等候。再進房間，見各位答辯委員面帶微笑，就放了心。杜任之先生宣布我的論文通過，我向各位先生鞠躬表示感謝。所裏派車送先生回北大。見先生上車，想起七五年底在清河小營機械學校送先生上車的情景，不由百感交集。

論文答辯結束不久，我便啓程去武漢，為即將在廬山召開的全國現代西方哲學討論會打前站，辦自武漢至九江的船票。上山前在九江烟水亭旁的小酒館與國平和蘇國勛大哥喝酒，望窗外濛濛雨霧中兀立的點將台。相傳赤壁之戰前，周瑜曾在此演練水軍。上廬山後，忙於會務，得暇便與朋友們覽觀廬山名勝，甚是快樂。一日，與北凌、友漁、國平、蘇大哥，步行二十餘里去訪三疊泉。返回時已是暮色四合，山風漸起。向晚的天空藍水晶般純淨，幾顆早到的晚星倚着綺雲，平添幾痕絢麗。遠山雲霧繚繞，影影綽綽，幾人正踏歌徐行。蘇大哥突然指着遠山說，那是五老峰，山下就是白鹿洞書院，明天我們會去參觀。我心一動，想起南宋淳熙年間，朱子在此升壇開筵、門庭興旺的情景，不免心往神追。接近廬林賓館時，天已全黑，在黑黝黝的松林中行走竟看不清路，幾人相呼着在林間小徑上摸索。不經意間，眼前豁然一亮，廬林湖已飛臨身旁。

潤玉般的湖水靜臥秋夜，嵐氣幽幽，摩挲秋水。湖畔烟霧飄渺，修竹裊立，伴微風簌簌纖歌。涼夜已深，皎月破雲，寒星數點，清輝散落。幾人似闖入畫中，皆收足斂聲，不敢攪擾這人間仙境。待回到賓館，躺在床上，仍未從剛才的夢境中回過神來。又想起一早起來要登五老峰，遊白鹿洞，不免輾轉反側，很久未能入眠。

讀史知道始建於南唐升元年間的白鹿國學是中國最早的書院。書院者，讀書、答辯、慎思、精進之處也。選一方山水清幽之地，奉一套求真悟道之理，聚一群心向大義之人，延幾位德高飽學之師。行如朱子在《白鹿洞書院學規》中所言，“古昔聖賢所以教人為學之意莫非使之講明義理，以修其身，然後推己及人。非徒欲其務記覽，為辭章，以釣聲名，取利祿而已。”南宋淳熙六年，朱子任南康太守，踏勘書院舊址，以為“觀其四面山水，清邃環合，無市井之喧，有泉石之勝，真群居講學，遁踪著書之所”。便主持修復，招收門生，登壇講學，白鹿洞遂成理學聖地。我讀中哲史，對朱子一直有好感，覺他論道明通，平易曉暢，絕非道學面孔。不過讀先生論戴東原的著作，卻見他力斥理學，極讚戴震所言“人死於法猶有憐者，死於理，其誰憐之”。其實先生揚戴抑朱也有其不得已處，對朱子亦有維護。先生認戴震所反對的宋明理學“基本上是指清代的統治階級所瞭解的程朱哲學”，又痛詆清際文字獄之殘酷，這其中的宛轉，倒要向先生好好討教。今天在白鹿洞拜朱子，要想好回去如何向先生“交代”。

書院的大門並不煊赫，上有李夢陽題匾。據説古時門外大道邊曾立有石刻“文官下轎，武官下馬”。我們的先人倒是重知識輕地位的，而今卻盡入漁樵閑話了。進門便有清涼之氣撲面，尋清風起處，是自後山奔流而下的一道清溪，溪邊巨木參天，陰翳匝地。溪中有巨石數塊，其上有朱子手書“枕流”二字。向左拐，進一廡廊，皆石刻，中有朱子手澤，和李夢陽五言絕句。詩境清幽篤靜。進朱子祠，向朱子頂禮。隨後轉入白鹿洞，有後人鑿石鹿，殊粗糙。四面遊逛，隨意觀覽各處楹聯，大多陳詞濫調，忽見明人周相所撰一聯，“二李讀書看白鹿，書中得幾分，白鹿中得幾分；三賢講道對青山，道外無一事，青山外無一事。”覺得有趣，多看了幾遍，暗記住了。進文會堂，見朱子手書“鹿豕與游，物我相忘之地，峰泉交映，智仁獨得之天”。想到底是朱子，出手就是不凡。出堂下階，沿明溪緩行，聽水聲潺潺，似鳴素琴，真可一洗塵心。不知朱子名句“問渠哪得清如許，為有源頭活水來”是否得自於此。跨過幾塊卵石，便站到“枕流”石上，想既為“枕流”，便當曲肱而臥，於是便橫臥石上，仰望白雲蒼狗。

古希臘，柏拉圖建立了雅典學園，亞里士多德建立了呂克昂學園。正是在這些學園中，希臘哲學蓬勃生長。這學園大抵便是我們古時的書院了。有趣的是，希臘哲人講學論道也要尋個清幽怡人之處，在《斐德若》篇中，柏拉圖記下了蘇格拉底與斐德若的談話“在梧桐樹的濃蔭下，四肢舒展，躺在青草地上，夏日的涼風輕拂，把腳放入清泉，一陣沁人心脾的涼爽，用芳香的青草作枕，斐德若，來吧，我就躺在這兒，你來讀你的文章吧，在這仲夏的溫暖中。”再看朱子對白鹿洞的喜愛，中外大哲所思所感冥冥契合，在精神的至高處，何來畛域！

書院、學園中研習之道的優越處是講辯結合，有講有問，有答有辯，文意互發，疑義相析，攻防之中，道理漸明。因為只有自由辯論最能激發思維的活力。想自八一年西安會議，結識嘉映、正琳，相約每月一次的黑山滬討論會，一年多來確覺思路大開，學力漸長。此次廬山聚會，他們未到，讓我惋惜不已。見嘉映業師熊偉先生興致勃勃地遊覽白鹿洞書院，心中忽發奇想，若輔成先生亦在此地升壇講課，該多麼有趣。那時我輩友朋、學子機鋒相奪，義理相搏，如君子之射，“揖讓而升，下而飲，其爭也君子。”這個嚮往存我心中多年。八九年與正琳、嘉映、友漁、國平、阿堅、蘇煒諸君籌劃《精神》雜誌，特設“學園”欄目，想收各家爭辯於其中。不料虎貔之師直入京城，狼烟起處，精神遁走。九二年與力川去梵蒂岡博物館，卻見到這理想堅不可摧地存於拉斐爾的《雅典學園》中。大師隨心所欲地把他尊崇的哲人，不分門派，不論年代，一網打盡在他的巨作中。柏拉圖與亞里士多德聯袂而下，寬袍飄飄，如天神下奧林匹斯山。再看學園中群賢畢至：放浪形骸的第歐根尼，思考流變的赫拉克利特，定“在”為“一”的巴門尼德，萬“有”歸“數”的畢達哥拉斯，色諾芬、普羅提諾、伊壁鳩魯……，最後大師自己也廁身其中，聆聽論辯。在拉斐爾心目中，人類的精神生活盡在雅典學園中了。學園、書院，思想者的家園。

下山回京，廬山帶給我的激動尚未平靜，急沖沖去看先生，要給他講的故事正多。自八〇年起，先生開始主持新成立的北大哲學系倫理學教研室。先生畢生致力於倫理學，但在幾十年諛桀頌紂大合唱中，有誰聽良心細弱的呼聲。現在倫理學能登堂入室，先生很高興，也極關心國內學界的各種動向。我向他介紹了會議的情況，記得還帶了幾份會議論文、簡報給他。在和他聊起白鹿洞書院時，我說先生雖不喜歡程朱，但白鹿洞書院實在是個好地方。先生馬上嚴肅起來，說朱熹是真儒，儒家的好東西，朱熹挖掘光大了許多。南宋時外敵威脅，講儒學的人都能體會得到。講理學也是講心靈的力量。王守仁的心學是繼承這點的。我說戴東原批理學，先生是贊成的。先生大笑起來，說你說的是我那本論戴震的小書吧，他的思想我確實很喜歡。我在清華讀書時，就聽說王國維可惜戴的哲學思想不受重視。其實那時我就很注意他。這本小書是我五六年寫的，那時候讓我們學艾思奇的哲學，分唯心、唯物兩條陣綫。戴東原的哲學是樸素唯物論，所以就寫了他。那種書容易寫。先生又說，戴東原是個很了不起的人，永遠替老百姓說話。其實我在書裏還是發了一點牢騷的。我說清代文字獄之殘酷史無前例，想的就是共產黨得天下後，各種批判就沒停過。滿人入關後對漢人中的讀書人很警惕，像呂留良，死了還要掘墓剖棺，後人、學生都不放過。過後再細讀先生的書，果然能見出先生運筆立論處處用心良苦。先生說："戴震生當文字獄最厲害的時期，他反抗現實的文字是表現得很曲折宛轉的。雖然如此，但我們一讀其文章，立刻就可以感到他對當時統治者有極沉痛的憤慨，比如他說'在位者行暴虐而競強用力，則民巧為避而回遹矣。在位者肆其貪，不異寇取，則民愁苦而動搖不定矣。亂之本，鮮不成於上，然後民受轉移於下，莫之或覺也'。"先生以為，這是戴震思想的中心，歸亂源於統治者，而人民是受害者。這表明了戴震的人民立場，其實這是先生觀察社會、評判是非的一貫角度。在平民與權勢、卵與石之間，先生總是站在平民一邊，站在卵一邊。

話頭一撂，我便把在白鹿洞記下的那副對子念給先生聽，想請先生參詳。先生說，朱熹講道心人心兩不分，天地人心兩不分，陸九淵講"道外無事，事外無道"，到王陽明哪裏，更是心物一體。這副對子是明人所撰，看來是心學之徒。不過裏面已經有些禪的味道。王陽明的心學本來就得益於佛學，我看這上聯是說悟道不只在讀書，青山白鹿都有道心。下聯是說心中之道與身外青山本為一事。朱熹有個重要的思想，理在物與在身是一回事，這就是理一分殊，格物致知的最高境界就是達於至理。這副對子寫得不錯，我覺先生解的也好，便記了下來。先生自嘲說今生未去過白鹿洞書院，枉為讀書人，又提起王陽明曾親往白鹿洞格物致知。問現在可有王陽明的遺迹，我答似未見，只是書院大門上的匾額是李夢陽所題，他和王陽明是同時代的人。先生便說，明前七子是要搞"文藝復興"的，文必秦漢，詩宗盛唐，一時左右文壇。我把記下的李夢陽的五言絕句呈先生看，詩云："登山眺四極，一坐日每夕。行看夜來徑，苔上有鹿迹。"先生看了片刻，便起身走到書架旁，翻檢出一疊複印材料，說歌德有首詩和這意境有點相似。隨即便翻到一頁遞給我，是《遊行者之夜歌》，宗白華先生譯的：

一切山峰上
是寂靜
一切樹杪中
感不到
些微的風
森林中眾鳥無音
等着罷你不久
也將得着安寧

這詩我曾讀過梁宗岱先生的譯文，他譯作《流浪者之夜歌》，兩公譯文各有其妙。梁先生在詩後加有一注："一八三一年八月二十六日，歌德快八十二歲了，距他逝世日期僅數月，他一鼓作氣直登伊門腦舊遊處，重見他三十八年前寫下的詩句，不禁潸然淚下，反復沉吟道：'等着吧，俄頃你也要安靜'。"經先生提醒，再對讀兩詩，發現果有意境相通之處：皆是獨登峰巔，寂靜寥落，鳥聲無聞，鹿影不現。惟歌德詩蒼涼沉鬱，夢陽詩空靈清緲，物色彷彿，而心境相異。

看先生授我的這疊複印件，是一部叫《歌德之認識》的書，它是先生在民國二十一年所編。翻看目錄，作者、譯者皆為一時之選。有冰心女士的詩，宗白華先生的《歌德之人生啓示》，賀麟先生的《歌德處國難時之態度》，輔成先生的《歌德對於哲學的見解》，唐君毅先生的《孔子與歌德》……頓覺眼前雲蒸霞蔚。看先生撰寫的前言說"今年國難期中，臨歌德逝世百年紀念日到來，國人們對此紀念是如何地熱鬧，證明我國人在物質困苦裏還沒有失卻對精神價值的欣慕"。我真不敢相信這部書竟完成於外敵入侵，國脈危急之時，這要何等的毅力和定力。我問先生，戰亂之中您還想起要編這樣一部書，而且能印出發行？先生正色答道，好不容易啊！當時巴金在上海問了多家書店，都不肯印，是宗白華先生送到南京朋友處才得印行。那會兒人心惶惶，誰會在意歌德，我們幾個青年人卻覺得越在危機時才越要向歌德致敬。那時知道日本人也紀念歌德，我們便想表現一下中國人的能力。我給文化界的朋友、師長寫信，幾乎所有人都回信支持，好熱烈。先生用四川話講出"好熱烈"時，剛才低回的感嘆頓成昂揚的自豪。看先生皓首低垂，熱切地翻書的樣子，我暗問自己，可曾有先生這種對精神價值堅韌不倦的"欣慕"。

在廬山時就想向先生請教書院和讀哲學的關係，我拿白鹿洞書院和宋明理學說事兒，和先生開玩笑說，大學的哲學系應該統統取消，改成書院、學園。想讀哲學的人去投奔各處書院，各位先生自築杏壇，哲學自會精進，再有個諸子百家時代也未可知。先生笑答，國家不給書院出來的學生發文憑，他們靠什麼吃飯？柏拉圖辦雅典學園時，伊蘇克拉底就嘲笑他教出一群只會抽象推理的呆子，是只知愛智慧卻不懂實行的空論家。他自己辦學校收費很貴，卻保證學生能學到實用本領，將來好混世界。柏拉圖絕看不起他的一套，罵他唯利是圖，說他教的修辭、辯術那一套不過雕蟲小技。我回先生說，朱子倒和柏拉圖相通，“非徒務記覽，以釣聲名，取利祿而已”，是白鹿洞學規。朱子要他的學生以講明義理為求學目的。先生說其實務實入世與求純知的界限並不絕對，柏拉圖的學園也要教人作政治家，教人治國之道，還要作“哲學王”呢！顧憲成、高攀龍立東林書院，除了孔孟曾顏之外就是遵崇白鹿洞學規。他們本來就是要繼承朱子學脈的，對王陽明都有不滿，以為他的心學走偏了。從學理上講，他們的志向就是保持儒學正統。東林黨的主要人物，像楊漣、左光鬥、黃遵素，都是信理學的大儒，一旦入世，就把自己的儒家信念、道德操守帶到行動中。和魏忠賢鬥，是性命相拼啊。楊漣被錦衣衛折磨得體無完膚，最後是鐵釘貫腦而死。左光斗被拷打得幾無完形，也不低頭。真是天下讀書人的楷模。

先生說，這些理學信徒們平日談經論道，似與平民百姓無甚關係，想不到他們一旦挺身抗惡，百姓竟以死相助。蘇州數萬市民上街，對抗來抓捕東林黨人的錦衣衛，真是正氣鼓蕩。孔子講“禮失求諸野”，我看這就是了。後人修五人墓，張溥作《五人墓碑記》，就是把中華民族的真精神留下來。我看這也就是儒家的真精神啊。文革中“破四舊”把五人墓砸爛了，那是斷自己民族的血脈啊。先生講至此，搖頭痛惜，眼中似有淚光。我竟一時沒有追上先生的思路。以前胡亂讀史，對魏閹暴虐，廠衛橫行的史實不過一帶而過，並未深思。蘇州市民義憤群集、痛毆廠衛，而後又有周文元等五義士“呼中丞之名而詈之，談笑以死，斷頭置城上，顏色不少變”，對此我當然是極為崇仰，但從未以先生所談之真儒精神來思考。張溥曾問：“大閹之亂，縉紳而能不易其志者，四海之大有幾人歟？而五人生於編伍之間，素不聞詩書之訓，激昂大義、蹈死不顧，亦曷故哉？”先生竟以為這就是“禮失求諸野”的明證。先生心中的禮是“道之以德、齊之以禮、有恥且格”之真儒之禮，是由“守死善道”而出的一套行為規則。以此觀之，蘇州市民皆守禮之民，蘇州之地為禮義之邦。而文革之中，砸五人拱墓，辱先烈遺骨，當此時，華夏已為鬼域，子民皆成暴徒，此中華命脈危殆之象。

聽先生情緒激昂地大談東林黨，我從白鹿洞帶回的道外青山的閑逸，一下子被淹沒了。我突然意識到白鹿洞書院絕非僅是鳴泉素琴、朗月清風的世外桃源，先人講純思至理，也包含着坐言起行。華夏儒生並非皆是追名逐利、獻媚邀寵之徒，捨生取義本是題中之義。講道也意味着護道、殉道。不參透兩方，談何瞭解儒學。自己的感覺太過輕浮，還要沉下心來，重讀古典，深入思考才是正途。向先生談了我的感想，先生教我說，中國哲學中，理學的情況比較複雜，入清之後，批它的人很多，有一個原因是清朝大捧理學，又興文字獄，讓一些讀書人心懷不滿，借批理學來發泄。所以讀朱熹要讀點明史，特別是晚明史。晚明多次禁書院，但禁不住，這裏就有朱子思想的力量在。先生叫我先讀謝國楨的《明清之際黨社運動考》，朱長祚的《玉鏡新譚》。說如果再有時間，黃宗羲的《明夷待訪錄》是要細讀的。黃宗羲是東林子弟，他父親黃遵素的死讓他思考了許多問題，多有真知灼見。和先生分手時，他說了一句意味深長的話："毛澤東活着的時候，談明史是很危險的。"待後來讀書稍多，才明白為何談朱元璋和海瑞的吳晗，談李三才的鄧拓，不管如何獻媚邀寵，終是死無葬身之地。

九

一九八二年底，先生搬回朗潤園了。這次佔據朗潤園半壁江山的人搬走了，先生終於收復失土，所以特別高興。這兩三年，先生全力以赴，編《西方倫理學名著選輯》下卷。這又是一樁奠基性的工作。以往談西方倫理學，多是跟着階級鬥爭的路子走，常常材料不明卻上綱上綫，宏論大發，結果是無根游說充斥。先生想抓住機會，提供一些真實材料，讓談西方倫理學的人有所依憑。先生說這也算是正本清源吧。前些年曾從先生處借閱過是編的上卷。那是因為先生教我讀莎士比亞時，要我注意莎翁對英國倫理學家的影響，特別是沙甫茲伯利和赫起遜。當時先生就說這部書的下卷已準備多年，不知何時能編出以成完璧。從先生寫的編者前言中知道，上編編成之日是一九五四年，正是我出生的那年，而第一版印出時已在十年之後了。編這種名著選是吃力不討“巧”的工作。雖說有範本在前，但要釐定標準、規依體例、剪裁文章、推定譯名、校改訛誤，都是細碎繁瑣之務。僅以我讀過的上卷而言，八百多頁一大厚冊，自古希臘至早期資本主義時代，涉及重要思想家近五十人，著作六十餘種。編者下的是笨功夫，對後學卻是功德無量。

八三年七月酷暑，幾天前和先生約好去看他，順便還幾個月前借走的《新舊約全書》。那時聖經不好找，先生說讀國學要通六經，讀西學要讀聖經，授我他常用的那冊舊和合本，包着白色道林紙皮，已被先生翻閱的起了毛邊。我知這是先生常在手邊瀏覽的書，便抓緊時間粗粗讀了一遍，想着趕緊還先生。約好下午兩點半到先生家。但偏巧頭天晚上在黑山滬嘉映那裏聚會，與友漁、正琳、蘇大哥幾人聊得高興，一夜未睡，沿着京密引水渠散步，在月影星光下“喳”歌兒，從貴州小調一路唱到貝多芬《自然神的讚美》。天亮後仍不願散，接着聊，一直到中午。

那時年輕，“傻小子睡涼炕，全憑火力壯”，心中滿是激情，眼中全無人物，寂靜中偶有一曲飛起，不知是何，已然淚流滿面。一個純思唯美真愛的年代。當時嘉映已決定赴美讀書，我擠兑他不能免俗，他只是狡猾地笑着，顧左右而言他。中午和嘉映分手，便去朗潤園赴先生的約。

從黑山滬騎車到北大，不過二十幾分鐘。到了北大看時間還早，怕打攪先生午休，便在未名湖畔揀個樹蔭坐下讀書等候。誰知一夜興奮，加上天熱蟬噪，竟在湖畔的輕風中睡着了，猛醒過來已是下午三點。天啊，遲到了，起身便往先生家跑。待拐彎離了湖邊，卻迎面碰上了先生。他老人家正急沖沖下小石橋，向東校門方向走。下午三點，驕陽似火，先生走得急，身上寬大的短袖老頭衫幾乎被汗水浸透，貼在身上，額頭上滿是汗珠，從白髮間淌落。我上前攔住先生，問他為何當此酷暑。先生見我似大鬆一口氣，説已經三點了，見你仍未來，想前幾天有學生與校外孩子衝突，學校發通知，加緊門衛，不得讓閑散人員隨意入校。所以想你被攔在校外了，便下來看看。我真是羞愧難言，不過是自己睡着遲到，卻害先生烈日下奔走。先生已是七十多歲的人了，萬一中暑，我罪莫大焉。急忙扶先生回家，先生卻若無其事的樣子，反對我說，來了就好，來了就好。

陪先生到家，屋裏甚涼爽，一架電扇輕輕送着涼風。師娘埋怨先生，對他説不會進不來的，他不聽，非要去看看。我忙給師娘賠罪，都是我的不是，下回不敢了。進先生書房，見書桌上整整齊齊擺着一摞複印件，上面有先生手寫的幾頁稿紙。問先生，先生答是《西方倫理學名著選輯》下卷，已全部完成送商務印書館了，這是副本。我極為先生高興，這件工作從五四年上卷編迄，至今已經快三十年了，終成完璧，是學界大幸，亦是後學大幸。先生神情愉悦輕鬆，説放下這副擔子，可以優游歲月了，又説今天我還有"新式武器"給你看。見先生那張老書桌左側靠牆處新放了一個架子，上面擺着一架雙卡磁帶錄音機，是當時國內頗走紅的一個型號"夏普575"，左右聲道各有一大一小兩個喇叭，放在先生桌上顯得挺氣派。先生告我這是 stereo，又説旁人告他這是市面上最高級的機器，邊説邊向我演示只要同時按下 record 和 play 鍵，就可以轉錄磁帶，有人在旁邊説話也不怕，沒有干擾的。一聽先生説就知道老人家不明白麥克錄音和內置綫路錄音的區別。在音響器材方面，我自信比先生所知略多，便給先生解釋錄製磁帶的基本方法。先生也不理會，只是得意有了他的"新式武器"可以借磁帶來自己複製。

和先生處久了，便愈覺老人家無論腹笥多麼寬廣，修養多麼豐厚，都會時時"倒空"自己，他永遠敞開着，不帶任何成見地聽取意見，汲取知識。這在先生那裏是自然而然，毫無刻意的。在先生意識裏，沒有"功成名就"這類玩意兒，求知之於先生，如呼吸之於生命。先生很早就知道我對古典音樂很用心，説他也極喜歡聽，文革前有重要的演出他都會到場，還回憶起曾有一段當局和知識分子的蜜月期，那時有節目，學校會派車送老先生們去聽。不過自打提出“以階級鬥爭為綱”，就難再有這種恩澤了。文革之後，古典音樂被劃歸封資修黑貨，都掃地出門了。和先生談起音樂演奏的各種版本問題，先生大感興趣。說以往聽音樂只關心曲目，沒注意過演奏中的不同詮釋，要我給他找些範例。“有事，弟子服其勞”，先生的這個要求正是我可以效力的地方。因為那會兒，我正跟着建英兄滿北京“跑片子”呢。

建英有個作曲家朋友，供職於北京農業電影製片廠，該廠音響資料室有“外匯指標”，可以從圖書進出口公司購外國音樂資料。可惜資料室的工作人員不熟悉國外音樂資料，對該購何種曲目，哪個演奏版本心中無數。這位朋友就請建英幫忙選購。這對我們不啻於發現一座金礦。建英提出幫忙的條件是買了新唱片，我們先錄一道。用他的話說，叫“先開槽”。通過這個途徑我們轉錄了許多第一流的演奏。我給先生複製了一些精選的曲目和演奏。有時就把建英複製好了的磁帶直接送先生複製。每次拿了磁帶去，先生總要立刻複製，又不肯使用快速複製程序，說會破壞音質。所以送兩盒九十分鐘的磁帶，就會在先生家盤桓幾小時，邊聽邊聊，聽先生談天說地，真是快樂。一次建英告我他手裏有一版極好的《福斯塔夫》，是卡拉揚指揮，Gobbi 和 Schwazkof 領銜演出。我知先生喜歡這個戲，便告先生我們的“虜獲”，先生說他也要一份。不記得因為什麼原因耽擱，我一直沒空去北大，先生竟來電話催問，想聽這個版本的急切心情像個年輕人。先生似乎已經成了我們發燒友隊伍中的一員。建英當時正在北大讀研究生，我便請他上學時給先生送帶子去。建英去先生家送了帶子，還和先生聊了許久，回來告我周先生真有意思，說無標題音樂總聽不大親切，喜歡聽歌劇，因為有詞，聽得明白。我們喜愛先生的天真謙遜。建英說當然不是先生聽不懂，是先生自謙啊。其實先生愛音樂是有所本的。一次和先生聊起音樂在希臘的地位，先生說蘇格拉底都夢想當音樂家呢。先生是在講《裴多篇》中蘇格拉底所說他多次夢見自己應當去從事音樂活動，製作和演奏音樂。甚至當他以為他所從事的哲學就是最偉大的音樂時，又被那些夢所困擾，最後竟認定自己應該去從事通常意義上的音樂。他甚至用豎琴與和聲的關係來討論靈魂不朽的問題。在先生看來，哲學和音樂在其根本處是相通的，一個讀哲學的人是不能不聽音樂的。

過了一段時間再去先生那裏，見書桌正面也擺上了架子，放滿了錄製的磁帶，大約有兩三百盒。除了我和建英為他錄製的，他自己也搜集了不少音響資料。先生最感興趣的仍是歌劇，尤其是以莎翁戲劇為底本的歌劇，逢此必收，版本頗全。威爾弟譜寫的《奧賽羅》、《福斯塔夫》、《馬克白斯》都有二、三個版本。但直到我把瑪麗亞·卡拉斯演唱的《奧賽羅》、《馬克白斯》送到先生手上，他才真滿足了。當時我甚至對先生說，能唱出莎翁悲劇感的惟卡拉斯一人而已。先生將信將疑。我手裏有一版

EMI公司出品的卡拉斯演唱威爾弟悲劇唱段全集，建英對此評價極高，我便為先生翻製了一套。先生聽後感嘆說，卡拉斯就是當代的塔爾瑪啊！在莎士比亞的傳奇劇中，先生最愛《暴風雨》。在先生的文章《莎士比亞的人格》中，先生極推崇普羅斯彼羅深厚的寬容精神。以為自此，莎翁的人生哲學原理、行為的最高規範便是"直接訴諸於人"。但對貝多芬受此劇影響譜寫的d小調鋼琴奏鳴曲 (op 31 N° 2) 卻覺聽不出門道。先生自己分析說，許是對《暴風雨》一劇讀得太熟，心裏裝了太多的定見，不自覺地在貝多芬的音樂中找，反而迷茫了。我便談了自己的感想以就教於先生，說貝多芬在作品中表達的是他讀《暴風雨》的感受和思考，用音樂這種極具體又極抽象的形式表現出來，不太可能有具體的對應，例如哪個樂句表現了沉船，哪個樂句表現了愛情、復仇、寬恕。先生回應說聽音樂也要心無定見，才好體會。其實，貝多芬在一八〇二年寫下的《海利根鎮遺書》中已經提到，他盼望在他死後，能與世界寬恕和解。與此同時，他創作了被稱作《暴風雨》的d小調奏鳴曲。他對申得勒說，要理解這部作品，"去讀莎士比亞的《暴風雨》吧。"這絕不是巧合，先生從《暴風雨》中讀出的"出自深心之中的誠懇之念"——寬恕和解之道，必敲擊過貝多芬的心弦。在先生看來，莎翁在他的《暴風雨》中告誡我們"凡是一個人，都與我們同樣，即使他犯了錯誤，只要有醒悟，我們都有義務來回報自己的充分寬容……。他已從對自然的幻想與對人的過份要求轉變為對人類缺點的哀憐。”我以為這正是貝多芬在d小調奏鳴曲中所要宣示給人們的。先生自然是懂貝多芬的。智慧與仁慈的心靈在彼此呼應着。

一次和先生談歌劇，先生説威爾弟譜寫的莎士比亞最能得其精髓，因為他也是個農民，是從鄉下進城的，他從龍科萊村去米蘭，莎士比亞從斯特拉特福去倫敦。起初我不太明白先生的意思，後來反復讀先生論莎翁，才明白為何卡萊爾會説“我們寧肯交出一百萬個我們國家培養的英國人，也不願意交出這個斯特拉特福的農民”。先生以為莎翁的人格來源“第一他是平民，因此能對人的各方面的生活都體驗過，都瞭解。第二，他是真實的平民，故不為世俗的矯揉造作的生活所欺所蔽。雖為女王嘉許，雖結識貴族甚多，但毫不受其影響，能夠獨自超越。第三，他是自得的平民，故雖受苦，但不絕望，不激憤，依然冷靜”。先生拈出“平民性”來標定莎翁的人格基礎，因為先生一貫以為平民性是普遍人性的基礎，正是在這一點上，先生認定威爾弟和莎士比亞在人性上是相通的。事實上，威爾弟這個龍科萊村的農民，這個常獨坐農舍、眺望荒野的天才，心中最尊崇莎士比亞，稱莎翁為他的“教皇”。他不僅為莎翁戲劇譜寫了《奧賽羅》、《馬克白斯》、《福斯塔夫》，心中還醞釀着《哈姆雷特》、《暴風雨》、《李爾王》……。他的《利哥萊托》實際上是對未能譜寫《李爾王》的一個偉大的補償。

先生愛莎士比亞，把他當作知心朋友，甚而“總覺他是一位親人，一個慈母，他不像父親那般責我們的過失，卻像母親一樣為我們的缺點原諒，還要親切地問一聲‘你這樣怕過得不舒服罷’”。在先生面臨人生低谷，想高蹈海外時，莎翁的人格撫慰了先生苦悶的心靈。在先生看來，這個人格平易、深厚、豐饒，如同四季時序的幻化多姿。春時“在他的人格的召應下，又如人在樹蔭下，一望四野碧綠的田疇，你會自然而然地產生夢幻，產生自然愛，充滿人間生活的喜悅，配以熱情，加以幽默，如此整個宇宙都像在歡迎你”。“夏日，天空清朗，偶見薄薄浮雲，遠遠傳來斷續的蛙鳴，不禁使我們心弦顫動。夜間明月下，再來一綫螢火奔流，我們便不免夢幻人生。”“秋天來了，就像我們出了峽口，任我們的生命如何奔放的人，到此也要穩打槳，慢慢搖了。”“冬天的雪，風一來，人類的什麼情感、欲望都顯得收縮了。生活沒有昔日的活躍，差不多凝固起來，真像一個冰房。”與四時交替相伴，各色人物粉墨登場，在世界大舞台上各逞其能。初春的凡倫丁、盛夏的福斯塔夫、霜秋的哈姆雷特，最後，在冬日的寧靜中，斐迪南向米蘭達唱出了熱烈而淒婉的尾歌“只要在這牢房中能見到這女郎，地球的每個角落讓自由的人去受用吧。這囚室已讓我覺得很寬廣”。

在先生看來，莎翁對筆下的眾生，只讓其上台亮相，謝幕下場，任其喜怒哀樂，生死浮沉，卻不作道德評判。但是他從人性的深度去瞭解人，剖析人，卻是一無形的“最深刻的道德批評”。先生治倫理學，是把莎翁筆下的人物性格、道德行為、善惡分野當作了研究標本。如歌德所言：“莎士比亞已把全部人性的各種傾向，無論在高度上還是在深度上，都描寫的竭盡無遺了。”先生則認為“隨着莎士比亞當學生走了一生。及到書本一丟，我們該說，我們瞭解了人”。記得我受教於先生之初，先生就教我讀莎士比亞。先生要循着莎翁筆下人物的踪迹，直探人性幽深的秘府。後來先生授我他的《自述》，先生說：“這時候，我在學哭，也在學笑。但哭笑都學得不好。我羡慕莎士比亞對福斯塔夫的笑，羡慕達文西所畫《莫拉·里薩》的超善惡的笑。同時也嚮往托爾斯泰聽完柴可夫斯基的《如歌的行板》和讀完法國波埃西的《自願奴役論》後的哭。但我要學他的，怎麼也學不到。不過我仍要哭笑。”這是先生剖心析骨之言啊！

十

八十年代，中國的政治氣候忽陰忽晴，蓋因國朝始終上不了憲政國家的軌道。那些控制思想言論的老伎倆總不停地擺弄出來嚇人。當局對知識人的自由思想、獨立人格有着與生俱來的恐懼和憎恨，這是列寧式黨國制度的遺傳基因，不到這個機體滅亡是不會消失的。

一九八三年十月，鄧小平在二中全會上講了清除精神污染和反對自由化。思想理論界對當局的政治動向極為敏感，一聞風吹草動，立刻尋找此次誰是挨整對象，或撲過去咬幾口，或避之唯恐不及。沒想到這次鋒芒所向竟是個德國古典哲學的概念——“異化”，“異化”的背後是人道主義。而挨批的對象竟然是前“文化沙皇”周揚。意識形態總管胡喬木竟對他的老哥們兒痛下殺手，説精神污染是個現實政治問題，周揚關於異化問題的觀點可以成為持不同政見者的政治綱領。周揚文革前害人無算，文革中坐了八年大獄，有點良心發現，想講點人道，又不敢真講普世人道，所以找到老祖宗年青時用過的詞來説事兒。本來就是跪着造反，沒想到當家的還不許。天良未泯的周揚一怒之下再不説話，生生氣成腦軟化去世。看來要想在這塊地盤兒上混，腦軟化就是心軟化的代價。

八四年春節，我去給先生拜年，閑聊中説起理論界的動態。先生對人道主義理論的前景極關注。問社科院是不是要組織批判人道主義，他有點擔心文革餘孽捲土重來。臨走時，先生給我一本書《馬克思與人》，我説這可是當紅的題目。先生説裏面的文章是他前幾年寫的，也談到異化問題。回家後翻看，才讀到先生寫於一九八二年的《論人和人的解放》。讀先生此文，感覺有點怪，他肯定通過異化問題研究人道主義、人性論是個“令人發生興趣的學術趨向”，這是因為“自從二十世紀三十年代發現馬克思的《一八四四年經濟學—哲學手稿》後，有人據此認為人性異化的問題，即要求人的復歸或人性的復歸就是人性化。人性論比階級論更根本”。先生以為從階級論回到人性論，最終還是要追求個人的尊嚴、自由、幸福。對此先生並無異議。但先生又認為，人性的復歸是“指一切有勞動力的勞動者 (或生產者) 的本來狀態要復歸。這是一種階級論或階級解放論的理論形式，最終是勞動人民的階級解放”。據此，先生說“就社會發展的決定力量而論，只怕階級論有時就比人性論更重要”。對先生的這個結論，我有不同的看法。在馬克思的《手稿》中，階級的解放是一切人的解放的手段。馬克思是從普遍人性出發，經由階級消亡而達於普遍人性的實現。在理論上，馬克思《手稿》中的論述是自洽的。階級論不過是人性論大議題中的一個論題，從而人性論是更具根本性的命題。而當階級論被誇大到絕對時，必然引發對人權和人性的肆意踐踏。這是斯大林和毛澤東權力鬥爭的看家功夫。

我給先生打了電話，明確告訴先生我不同意他的結論，希望能有時間向先生面呈我的看法。先生聽後很高興，說這個問題他自己也覺得沒想透。他只是擔心普遍人性會淹沒具體的社會階層的利益，法國大革命中就出現過這種情況。用現在的話說，先生關注的是弱勢群體的利益。先生的苦心我是明白的，先生在文章中也指明它的立足點在於“我們應該參加勞動人民的隊伍，為‘大老粗’、‘土包子’講幾句公道話”。很快，我就去先生家向先生陳述了我的看法。先生仔細聽了，說勞動人民在爭取自己的自由和利益時，普遍人性論就要讓位於階級論。在這種情況下，階級論比人性論更重要。法國大革命中的人權宣言是講普遍人性的，但大革命中看到的是各階級代表在爭自己的的利益。我説那也要對結論嚴格限制。先生説他在文章中講到法國大革命的史實也可算是一種限制。我強調階級論的危險性，先生説他知道階級論在共產主義國家中常被用作清除異己的工具，但階級論本身是來自歷史事實，不能忽略。我顯然不能完全説服先生，便舉出周揚的遭遇為例，以證明人性論如何成為階級論的殉葬品。先生聽後無語，長嘆一聲説，現在形勢不好，連周揚都自身難保。六十年代先生曾為了倫理學科的設置問題和周見過面，那時他頤指氣使，神氣得很。文革中他吃了大苦頭，看來是有所覺悟，想從階級論返回人性論了。見先生談及此，我便不再爭辯。

一九八五年前後，先生曾要我讀《尼克馬可倫理學》。先生多次講，讀哲學一定要考慮倫理學問題，道德哲學是極要緊的。我以往讀亞里士多德多注重形而上學和政治學的問題，先生認為是極大的缺失。其實先生很早就提醒過我，説《尼克馬可倫理學》是非常有意思的一本書。後世治倫理學的人所討論的各種問題，在這書中都有論述。但我讀研究生時忙於法蘭克福學派的思想梳理，竟一直未得空讀亞里士多德，畢業之後才重回古典。讀《尼克馬可倫理學》我用的是勒布古典本。不懂處問先生，他對該書極熟悉，談起來如數家珍，問他問題，總是隨口解答，還常常告我某卷某節也談到相關問題，可參閱。我在所裏資料室查到先生論亞里士多德倫理學的長文，細細讀了，收益頗多。但向他談及，他卻説這文章受當時大氣候影響，談階級論過甚，叫我還是直接從原文領悟為好。

二〇〇七年初，去國十七年後回京看望先生，在炒豆胡同老宅整理殘簡，竟然翻出一頁與先生的對話記錄，紙已發黃變脆，似乎一捏就碎，重讀這幾行文字，回想往昔與先生對坐，聽先生解惑的情景。那醉人的、一去不復返的時光！這頁殘簡中記着如下對話：

問：求善難道沒有現世意義嗎？

答：亞氏以為幸福即是善的塵世報答。

問：但又何謂幸福呢？它難道不是一種心理感覺嗎？

答：幸福當然是一種心理感覺，但是一種有倫理意義的心理感覺。

問：既然是心理感覺，那就無統一標準，而善在倫理學中是有特指的，此兩者如何交匯？

答：那就需要確定幸福的含義，幸福的層次，一，心理上的愉悅、快樂，二、崇高感，三、美感。亞氏的層次，一、動物性、植物，是基礎，二、理性獨為人類的特性，無理性即無道德。

問：柏拉圖的範型倫理，善的範型難道不是普適的善的理想標準嗎？不是暗含抽象於塵世的諸種行為的普遍範型嗎？……

問答中斷以後，是我手記的幾段話，大約是先生後來所述：

“為一無道之邦‘自豪’是為大惡，因為自豪必是德行。自豪之人必備完美德行。”

“最高幸福不是道德狀態，而是智慧的工作。直覺是最高機能，所覺皆崇高事物，故此得之樂為真樂。”

我的記錄太簡略，有些句子由何而來似應有上下文才好理解，但當時每次對話都令我茅塞頓開。

八四年，先生自全國倫理學學會中退了下來，少了些虛頭八腦的名義，也避開了那群“馬列主義老頭老太太”，我為先生高興。先生這種尊貴之人，與那些污七八糟的萎瑣之輩周旋委蛇，我想起都覺心痛。先生退下來之後，更常召我去家裏，或談音樂，或聊形勢，或論思想，或講掌故。先生想談的事極多，開口就停不下來。當時甘陽已經開始籌劃他的叢書，那時他有一些極好的設想，書又挑得好，我便願意助他一臂，上手幫他打點編委會雜務。為編委會的事常去北大，每去必拜先生。先生對編委會的事情極關注，給以高度評價。甘陽曾想在編委會之上設一個學術顧問委員會，請一些老先生為編委會的學術方向提提建議，名單上就有先生的大名。此事商議過幾次，甘陽卻終未下決心實行。

八七年元旦，大雪瀰漫京城，北大同學冒嚴寒去天安門示威，隊伍中有好友約林，他從天安門直接到我家中，情緒激動地講了北大同學勇敢、堅毅、忘我的行動。那時候，青年學生還有國家興亡、匹夫有責的信念，理想主義的激情尚未被犬儒的冰水淹沒。但學生們不知道當局早已決定要痛擊一切對民主自由的嚮往，並且決心要拿有象徵意義的賓雁先生開刀祭旗。元旦過後，我曾和先生通過一個長長的電話，他講述了北大學生上街的事，又說武漢友人告他，武漢也有學生上街。先生以為這是因為黨內左派的倒行逆施激怒了學生。他亦得到消息，說胡趙不和，甚是惋惜兩人不能聯手抗擊黨內的保守勢力。誰知形勢急轉直下，胡耀邦被迫辭職，一月底，賓雁被開除黨籍。先生知我與賓雁曾在哲學所共事，平日來往較多，竟特意來電話，要我代他“向劉公致敬”。就在這年，先生“退休”了。據知情者說，先生退休是受了學生的牽連。這個學生想必說的是胡平。胡平是先生改革開放後招收的研究生，人極有才智，曾參加海澱區人民代表的競選。他當選後，先生曾特地打電話告我消息。胡平自北大畢業後，因其一貫“自由化”，在北京找不着工作，先生欣賞胡平的才學，全然不顧及政治上常見的“避諱”，不辭辛苦，四處求人，為他這個“反動學生”聯繫工作。胡平出國後，又繼續為他一貫秉持的自由理想奔走呼籲，惹國朝肉食者不快也屬必然，倘因此牽連到先生也不足為奇。但先生卻從來未道一字。那一段時間，先生確實有些鬱悶，常讀放翁詩消遣。書桌上放着一部《劍南詩稿》，還常常集放翁句，約有十幾首。我去家裏，他便拿給我看，多是憤懣傷時、悲涼沉鬱之作。我怕先生鬱悶傷身，便勸他多讀陶、蘇，可以任性散心，怡情養年。但先生笑笑說，其實陶、蘇也是一肚子的不合時宜。記得先生曾說過，放翁是一奇人，既有“樓船夜雪瓜州渡，鐵馬秋風大散關”的雄闊，又有“臥讀陶詩未終卷，又乘微雨去鋤瓜”的恬淡。古人的心性真是偉大卓絕。最難忘先生曾手書陸游詩一頁授我，中有一聯“獨吟古調遣誰聽？聊與梅花分夜永”。回家後反復吟咏，能聽到先生孤寂淒迷的心聲。

八九年春天，北島發起簽名信活動，文化界一些有影響力的人聯名上書當局，提出極溫和的要求，希望推動中國改善人權和民主化進程。隨後又有王淦昌等科學界人士也聯名向當局建言。三月中，蘇煒來找我，說社科院的知識分子也應該有所表示，以表明改善人權、推動中國民主化進程是整個知識界的共識。我本不是關心政治之人，對現有體制的自我改良也不抱多少希望。但蘇煒是好朋友，既來找我，總有他的道理。看他拳拳愛國之心溢於言表，也不忍心掃他的興，便答應他，請他起草文本，我參加簽名就是了。蘇煒聯絡了戴晴女士和社科院不少專家學者。後來參與其事的阿堅告我已有四十餘人同意簽名。事情進展順利，大家頗受鼓舞。一天晚上，友漁神情焦慮地跑來，說他把簽名信文本搞丟了。上面有戴晴女士、蘇煒、阿堅和他的簽名。友漁着急又懊惱，說若有人揀到這文本，他願意拿出他在國外學習期間全部的外匯積蓄來贖回。我笑他就這水平還想搞地下工作。友漁答道：我們搞的是正大光明的工作，所以才會丟。一副大義凜然的樣子。

幾天後去北大先生處談及簽名信的事。當時我也猶豫是否請先生具名，不願意給先生添麻煩。雖說建言當局本是公民的權利，但說到底中國只有順民沒有公民。你想依照公民的規則行動，當局一定認你要犯上作亂。依照亞里士多德對人的定義，中國人是否完整意義上的人，還大可討論。先生看到簽名信的文本，斬釘截鐵地說："我一定要簽名"，說罷便找出筆，在打印好的簽名信空白處簽上了自己的名字。我想先生這樣做恰是為了實踐他一貫的行為準則。先生讀亞里士多德便遵亞氏的主張"我們探討德行是什麼，不是為了求知識，而是要求成為善人，否則探討的努力就全無意義"。在希臘哲人那裏，政治權利來自公民個人內心的正義要求。依照班達的經典論述，真正的智者不會從統治者的角度討論政治。他們所支持和維護的真理與正義的標準，常常是在現世被視為無效、無益、無利可圖的。在班達所舉以為例的人物中，蘇格拉底、斯賓諾莎、伏爾泰、勒南都堪稱智者。薩義德的定義更簡潔明快，智者就是那些不被政府和權勢集團收編的人，他們言說那些常常被遺忘和拋棄的命題。在先生這一代人中，凡器識高越者鮮有不受儒家士道薰陶的。正如黃山谷所說"士生於世，可以百為，惟不可俗，俗便不可醫也。或問不俗之狀，余曰，難言也，視其平居無以異與俗人，臨大節而不可奪，此不俗人也"。

四月十五日，我去人民大學紅二樓，看望治平、莽萍小倆口。他們在樓道裏用小煤氣爐給我做飯吃，正聊得高興，突然聽到一片喧嘩，原來學生們知道了胡耀邦逝世的消息。不一會兒，我和治平出門看，已見有大標語從樓上垂下，都是悼念胡耀邦，要求推進改革的內容。治平極沉穩的一個人，卻也有點激動地說“恐怕要出事”。與治平分手回到家中，便埋頭剛開始動筆的《論瑪麗亞·卡拉斯》，對學潮漸起竟無知覺，直到四·二七大遊行，才覺治平的擔心要應驗了。心裏希望學生們見好就收，因為我知道當局為了保持權力，什麼事都能幹，擔心又會有無辜的人犧牲。在形勢跌宕起伏時，與先生通過幾次話，他當時真是“心焦如焚”。先生講述他在校園裏碰到剛從天安門廣場看望絕食學生回來的季羨林先生。季先生情緒激烈，說李鵬政府這樣對待學生是無天理。先生與季先生是鄰居，學潮期間，兩人常見面交換看法，都擔心事態發展會不可收拾。待到六四槍響，先生的擔憂變成憤怒和絕望。

“六四”之後再見先生時已近月末。天氣悶熱，而國中卻是一片肅殺之氣。電視中除了播放通緝令就是歌頌殺害無辜平民的“豐功偉績”，令人窒息。先生情緒極壞，見面就談段祺瑞，說北洋政府鬧了“三·一八”慘案，死了學生，段本人並不知情，後來在“三·一八”死難者公祭大會上，段本人長跪不起，給死難者磕頭謝罪，並終身茹素。先生感慨道，那是北洋政府啊。談及往後的日子，先生第一次問我為什麼不出國。他知道我可以到國外去，便勸我先出去一段看看，反正國內呆着也做不了事情。聽先生談論“六四”這驚天事變，覺先生講了許多精彩的話，便習慣性地記起了筆記，像往日聽先生講課。回家後看紀錄，突然心裏有個念頭，何不做一些現場訪談，把“六四”後社會各階層對該事件的看法如實記載下來，算是給將來留一份資料。當時還未聽説過有“口述歷史”這回事，但自己是實實在在幹了一回“口述歷史”。我找的訪談對象上至政府高官，下至販夫走卒，政治上左、中、右都有，應該算是當時社會各階層如何看待“六四事件”的一份完整資料。

先生在訪談中說：“六四之後，我講了四個少見：一屆政府昏庸無能到這個程度，少見；一代學子忘我獻身到這個程度，少見；一個政黨專橫殘忍到這程度，少見；一種制度誤國誤民到這個程度，少見。”

“四十年了，中國讀書人吃盡苦頭，前三十年是唾面自乾，自我羞辱。後十年開始想作出點人樣子來，給斯文掙回面子。現在是官逼民反。我活不了幾年了，再不能任人家拎着脖子要來要去了。”

“我讀了一輩子康德的倫理學，精義是什麼？是‘批判精神’，其實批判精神只是康德哲學的工具，康德哲學的中心是‘人是目的’。評判一個國家、政府好不好，就要看它是否把人當作目的。凡講基本人權，講人性的政府，即使有點錯誤，也可以挽救，而凡是無視人權，挑動人的仇恨，殘害人的精神活動的政府，即使它做了一兩件留名歷史的大事，也仍然是壞政府。”

“我讀書做學問幾十年來，心中常存一點疑問：為什麼共產黨建國以後，一而再，再而三地批判人道主義。文革結束後，鄧小平又搞‘清除精神污染、反自由化’，其中心議題還是反人道主義。六二年，學術界批人道主義，我還出來説話。我説，人道主義是反神道的，有進步意義。一個政府講人道主義，可以提高它的國際地位。而且，人道主義同中國傳統也不矛盾。孔夫子一部《論語》，其中僅‘仁’一字而已。現在想想，真是太天真了。共產黨政權的實質是政教合一，其中心意識是神道，而神道離獸道又僅一步之遙。學運前，我正讀《布魯諾傳》，學運後似乎更解其中深意。宗教裁判所就是由神道轉入獸道的樣板。共產黨正是一個大的宗教裁判所。它的意識形態中有自己的聖經，有最高解釋權，有異端裁判，只是共產黨的聖經和教會不一樣。教會只有一部聖經，共產黨的聖經卻總是和最高統治者的名字聯在一起。”

“六四之後，我讀報上的文章，實在想不出個詞來形容它們。那天聽一個孩子説他的小朋友，‘你不講理’。我覺得共產黨的理論可以用‘不講理’三個字盡括。”

“四十年前，共產黨掌權，當時我在武大任教。看到老百姓‘簞食壺漿，以迎王師’的熱情，心想中國可能得救了。五十年代洗腦，誠心誠意批判自己的資產階級思想，把自己多年的學術成果罵得一錢不值。文革十年住‘牛棚’，反而心平氣和，開始想共產黨是不是也會犯錯誤，改革十年可謂大夢初醒，覺四十年前我並無大錯，是共產黨錯了。想想這些，真有一種解放的感覺。”

“戒嚴令頒布後，青龍橋一帶農民帶頭堵軍車。這些工人、農民沒受過什麼高等教育，只因為覺得事情不公就以肉身阻擋坦克。那麼多普通百姓給軍人做工作，講道理明白淺顯又意味深長，比我們學校哲學系的教員要強得多。”

“我想多活幾年，看到給這次學運平反。我希望平反和懲罰同時進行。不能讓那些幫兇心安理得地繼續混日子。我很欣賞以色列人不屈不撓搜捕納粹戰犯的精神。只有讓當罰的受罰才有正義。這是一條公理，但大家多不注意，以為寬恕才是人道。其實寬恕和指認罪行並不矛盾。寬恕的前提是犯罪者已經用良心的刑罰代替了肉體的刑罰。天網恢恢，疏而不漏，歷史是最後的仲裁者。”

二十年過去，如今翻看這些當年記下的文字，先生談話的音貌宛若眼前。那樣一位忠厚長者，為胸中正氣所激，發此金石之鳴，恰如韓昌黎所言“金石之無聲，或擊之鳴。人之於音亦然，有不得已者而後言，其歌也有思，其哭也有懷，凡出乎口為聲音，其皆有弗平者乎！”訪談之後，先生痛定思痛，撰文《怕火煉必非真金》。先生以英偉剛毅之氣，厲聲問道：“到底有沒有真正人民的憲法？是否有的憲法確實是人民自己定的？或者只是一黨一派假借人民的名義所定的？如果說，你們的話是真的，‘我們黨才是代表人民的，我黨領導下定的憲法真是代表人民的’——但你在人民想起來反對的時候，為什麼不敢訴諸全民投票來攤牌，卻往往訴諸暴力來鎮壓？中外都有一句同樣俗話：真金不怕火煉。這句話的反面便是，怕火煉必非真金。”先生最後悲嘆道“人民！人民！天下不知有多少罪惡，是假借你的名字以行！”

隨着江澤民當了新一代黨魁，“反和平演變”成為國朝主旋律。一時國內文革氣味甚濃。我心煩，有了避秦的想法，決定出國呆一陣兒，圖個耳根清淨。把決定告訴先生，先生沉默片刻，説好。十一月開始打點行裝，啓程前去與先生告別。先生説一定要去機場送我。又説本該吃頓飯，把酒送別的，但心情不好，誰知此一別是否永別。我不要先生説不吉利的話，告先生我去去就回，請先生善自珍重。先生只是搖頭不語。啓程那天，天酷寒，先生仍趕到機場，對我不多叮囑，只説出去好好看看，多想想，能讀書千萬別放棄。臨登機前與先生擁別，先生緊握我手，雙目緊閉，我覺出先生心中不捨。我在，至少還有個人可以常聊聊天。小子一去，怕先生心中寂寞更深。但知先生善涵養浩氣，過了這個時候當會波瀾自闊。誰知真世事難料，與先生一別，再見竟是近六年之後了。

十一

八九年底去國之後，難免要考慮在國外安身立命之道。心中所念也大多是政治問題。有一年多的時間，所讀之書竟全涉及英美政治哲學和政治思想史，沒有什麼超越的思想向先生彙報。那時家事國事天下事糾纏一身，心情頗劣，整天恍惚在《未完成交響樂》的氛圍裏，給先生的信也少。倒是先生常有信來，多不長，詢問我在國外的境況而已。先生體諒我的難處，從不問我在幹什麼，只是鼓勵我多看、多聽、多想。先生對國內急劇左轉的政治氣氛很擔憂，也很無奈。九一年來信說他心情頗不舒暢，也想出國呆一段。年底突然接到他從印度寄來的信，知先生去了印度桑地尼克坦的泰戈爾國際大學。泰戈爾曾希望"這所大學是印度獻給全人類精神財富的代表。它向四周奉獻自己最優秀的文化成果，同時汲取他人最優秀的精華，這是印度的職責"。先生在這裏要盤桓一年左右，除了給學校開幾次中國文化哲學講座之外，再無他事，正可以讀書冥想。在這《吉檀迦利》的故鄉，"如今正是時候了，該靜悄悄地同你面對面地坐下，在這寂靜的橫溢欲流的閑暇裏，吟咏生命的獻詩。"

不久就接到先生從印度寄來的文稿《人間野語》。先生劈頭就問："這個世界可愛嗎？你真的愛過它嗎"？先生分析道："在這個世界上，偏有一些人，不肯進步向上，他們不做人事，偏做鬼事，……老百姓稱之為魔鬼。即是魔鬼當然不認為這個世界是可愛的了。"先生痛省到，"我們受這些魔鬼的欺騙够多了，够久了……，他們的權力讓我們的天真喪失，本性喪失，這還不算，甚至還要我們不能不同他們一起，在這個世界共同作陰暗的工作。我們耗盡了心血，作了違心的事，有時對魔鬼還感謝不已。這真是人生最大的悲劇。"但先生並不絕望。這世界終究是可愛的，因為有那樣一些人，“他們仍然若隱若現的留存人間——不，也許更像夜間的皓月，照耀着人間，不與熱烈的陽光爭勝，卻靜靜地冷眼看世界。人在烈日刺激下，總是不敢抬頭看一看太陽，只能低着頭看着太陽在地上的影子。但一到夜間，推開窗戶，或獨立窗前，便可放開眼目看月亮，看星星了，這是面對面的欣賞，面對面的傾吐，這是何等暢快呵！”

隨後，在桑地尼克坦的綠樹濃蔭下，先生把眼光從天上皓月轉向人間歷史。這次他向偉大的莎士比亞致敬，用哲人之筆撰寫歷史之劇。先生寫就了三幕歷史劇《秦鏡高照》，反思秦王朝興之也速，亡之也速的歷史。先生雖是從儒家的傳統立場來看待秦亡原因的，但其着眼點卻是中國的現實。先生借子嬰與宦官韓談的對話來闡發國朝幾十年不得安寧的原因。

韓談：“我是覺得我們的國家，弄到今天這個樣子，真是十分可悲的現象。統一前，天天打仗，天天聽殺死敵人多少的消息……，統一了，我們都以為天下安定了，誰知不久就感覺戰爭似乎還在打。但是，它不是在關內或關外的戰場上，而是在秦國原來的國土內，起初，也許可說是在儒生範圍內，被殺的人，也不過四、五百人，後來，擴展到同情儒生的人也逃不掉……。這種殺的辦法，定罪方式，弄得人人自危，誰也不敢吭一聲。甚至還要閉起眼睛，拍手稱好。否則也是犯罪。這算是國泰民安嗎？”

子嬰：“你看，發生這情況的原因在哪裏？”

韓談：“首先，始皇帝在統一天下後，總覺得自己在戰場上有大功勞，有自己成功的經驗，過度相信自己，成了孤家寡人，眾叛親離。還有，最大的錯誤，恐怕還是，搞不清楚什麼叫‘戰時’，什麼叫‘平時’。什麼叫奪取政權，什麼叫維護政權。國家一有什麼不如意事，就疑神疑鬼，就用戰場上對付敵人的辦法，來對付手無寸鐵的臣民或親友，這樣怎能不把和平安定的世界變成恐怖世界？即使是建國元勛，但治國無術，動輒就拿起刀劍來駭人，還不會把國事弄得一團糟嗎？”

這裏潛隱着的問題已不是簡單的“仁義不施，攻守之勢異也”的判斷，而事涉一個國家如何長治久安。是以戰爭方式治國，還是要走憲政國家的道路。先生借秦二世與趙高的對話，諷刺那些前不久還以秦王朝方式處理國家事務的紅朝肉食者。

二世：“趙老伯，你的話，更說得我心裏如雷一般震動。我想不到為了一頂皇冠，竟要這麼多的親屬流血，我真有些心軟了。”

趙高：“你的心太仁慈，這仁慈是不能對付政治大事的……。我看，你該橫下一條心，再多殺一點，一方面可增長威風，一方面如能把殺人看成政治上常有的事，好似從水果袋中取桃子一樣，久了，你的心就會慢慢地平靜下來了。也許還是一件快樂事呢！”

九二年底，先生回到北京。鄧南巡之後，左風稍斂，先生又樂觀起來。我寫信勸先生對國朝中事不必太放心上，這個國家要走的路還長，先生還是多多保養身體，冷眼旁觀的好。像我這種人，關心國朝政治也不過是關心裏在政治圈中的朋友，所以體會不到先生對民族國家惓惓衷腸。那些勸慰先生的話輕飄的像一縷浮烟。

幾年間，我們在法國安頓下來，心裏就存了個念頭，想接先生來法國住一段。九五年初，和嘉映商量能否實現。雪正好回國有事，便去面見先生，請先生首肯。先生很高興，說能來法國見見我們也是他的願望，於是雪便去安排機票、簽證諸事。正巧靈羽也要來法國，便請她陪送先生。以為萬事妥帖，誰知臨啓程前一周，嘉映來電話，說先生心臟不太好，大夫不同意老人家長途飛行。這消息讓我左右為難。想見先生心切，又擔心先生長途飛行萬一有個閃失。先生畢竟八十五歲的人了。打電話和靈羽商量，她倒是快人快語，說先生一直在做啓程準備，一門心思要去巴黎看你們，這時要他放棄，才真是要命的事。乾脆依前議行動，其他不要考慮了。想她說得有道理，就安下心來等先生。九五年八月五日，靈羽護持先生到了巴黎，同行的還有先生的女公子邦洛大姐。我們在機場接到先生，回首先生八九年十二月在北京首都機場送我出國，已經五年多了。

安頓先生休息好，便和先生商量在巴黎參觀遊覽的事。八月份我們休假，正好可以陪先生。先生説他最想看兩個地方，一是先賢祠，他要拜謁盧梭的長眠之地。二是巴士底獄，他要憑弔法國大革命先驅建功之所。知道先生身體需加小心，故“强行”規定先生半天休息，半天遊覽。先生抗議説我到了法國，反倒不自由了。我們笑笑不理會他的抗議，反正心裏打定主意，要讓先生在法國平平安安。和先生商量後決定先去巴士底獄廣場。我知道先生從來都關注法國大革命，這和他極喜愛克魯泡特金有關。先生與巴金是老朋友。先生告我，巴金先生曾一度信奉巴枯寧與克魯泡特金的無政府主義，故取名巴金。先生年輕時受巴金先生影響，也信仰過無政府社會主義。我曾經問先生哪本書對他一生影響最大，先生毫不猶豫地説是克魯泡特金的《自傳》。因為他從克氏的自傳中“看到一個潔白、無私、坦誠，而為人類犧牲的靈魂”。克魯泡特金的名著《法國大革命》是先生觀察法國大革命的基本視角，即從普遍人性和人道主義的角度來看待革命之不得不發生，它的偉大理想和革命過程中的缺失與迷途。

在先生看來，克魯泡特金的精神是歐洲文明的根本，即“愛人，自由和犧牲”。先生指出：“人道主義在西洋流行已千年了，但西洋人的精神仍循着這條大路前進。西洋人提到愛自由，總是心志煥發。有人説西洋人是宗教精神維持的，我覺得這話說得籠統了，應該說是由廣大的愛所維持的。”先生不贊成柏克對法國大革命的批評，說法國大革命是平民為爭取作人的權利而發起的革命，柏克站在傳統英國保守主義立場批評大革命，偏見很深。先生極喜克魯泡特金所論，革命應能帶來道德上的進步，否則必是假革命名義以行的權力之爭。

第一次陪先生去巴士底獄是在一個傍晚。廣場旁的巴士底獄歌劇院玻璃幕牆上還映着朦朧的天光。廣場中央的七月圓柱頂上，金色的自由神披着燦爛的霞光。我們開車在廣場上緩行一周，給先生指出刻在廣場上的當年巴士底獄塔樓底座的痕迹。先生說白天還要再來一次，要照幾張相留念。幾天後，選了一個陽光普照的日子，又陪先生去巴士底獄廣場。如他所願，以七月圓柱及自由神像為背景照了相。先生手持那支黃藤手杖，挺立柱前，表情嚴肅。後來先生為這張相片寫了一首詩：

看那巴士底廣場
紀念碑雄立中央
碑身是監獄磚石建成
碑底有烈士遺骸埋葬
碑頂巍然自由天使
面向眾生莊嚴高唱
“人間地獄終將倒
佇看歷史公正大旗飄揚”

並親筆題寫在照片背面，當作新年賀卡寄給我，我一直珍藏着。

去盧浮宮的頭天晚上就和邦洛大姐說好，讓先生好好休息。因為盧浮宮太大，揀要緊的看也要三個小時，對先生來說，是個“重體力活兒”。但先生興致極高，顯得“鬥志昂揚”。待先生午休起來，便向盧浮宮進發。進德農館，先看意大利雕塑。先生在米開朗基羅的《被俘的奴隸》和《垂死的奴隸》像前佇立良久。隨後順長廊穿過博爾蓋塞藏品廳進敍利館，遠遠見米洛的維納斯兀立長廊盡頭。雕像前人頭攢動，先生便止步，遠遠觀看，說這座雕像遠看亦佳。沿大台階拾級而上，見勝利女神若淩空而降。扶先生上到台階頂層，以勝利女神為背影，與先生合影，便進入法國繪畫館，起始就是新古典主義，左手不遠處，大衛名作《賀拉斯誓言》赫然在目，凜凜浩氣撲面而來。先生連說：“真英雄，真英雄。”請先生在《拿破侖的加冕》 前坐下小憩片刻。先生說這畫大的有些逼人，像身臨其境。起身前行不遠，就是德拉克羅瓦的《自由女神引導人民》，先生說在國內，有人以為這幅畫是畫法國大革命，還寫成文章，其實它是受一八三〇年七月革命啓發而作。出法國繪畫館，左拐進“大畫廊”，終於走到《蒙娜麗莎》面前。那時還未給她修專館，就和其他意大利繪畫一起陳列在“大畫廊”裏。先生最讚她那“超善惡的微笑”，現在站在她面前，先生說原來想像畫的尺寸要大一些，眼見才知並不大啊。我回先生說尺寸不大名氣大，先生隨口說這不是壯美，是柔美。看來談到藝術品，先生就想到了康德。儘管參觀時間已不短，先生也有些累了，還是走到了斯芬克斯廳，讓先生與柏拉圖頭像合了影，先生讀了一輩子哲學，豈能和哲學巨人失之交臂。告別柏拉圖，便勸先生結束參觀，回去休息，若還想看其他內容，可以再來。先生點頭，便緩緩走出盧浮宮。巴黎的夏季天很長，黃昏時分，天仍很亮。先生興致不減，說這麼美的風景，應該再走走。於是我提議去聖母院旁休息一下，再去看看莎士比亞書店。這是畢奇女士印《尤利西斯》的書店。在神所醫院旁停下車，和先生慢慢走過聖母院正門，經過查理曼大帝騎像過雙橋，過河就是莎士比亞書店。

此時，夕陽的餘輝正把聖母院的倒影投入塞納河心，遊船駛過，波浪起伏，搖蕩一河碎金。我扶先生步上雙橋，先生突然停步，憑欄而立，眺望河水，沉默不語。我待立一旁，不敢打攪先生，心裏卻好奇先生在想什麼。許是想起夫子云“逝者如斯夫，不舍晝夜”？許是想起赫拉克利特所說“人不能兩次踏進同一條河”？許是想起阿波利奈爾的《橋上吟》“疏鐘陣陣，流水蕩蕩，我們的年華一逝無踪”？不，先生此刻倒可能想的是身邊這個頑劣小子，二十餘年耳提面命，而今卻遁身綺靡之鄉，混迹孔方之場，武不能劍行天下，文不能筆寫華章，雖忝為弟子，卻不窺門牆，年歲徒長，依舊廢人一個。可以想見先生心中的無奈與失望。但先生大人大量，從未因此責備過我，至多是囑我不要荒廢學業，有時間還要多讀書，多想問題。先生的話我是謹記在心的。

先生到巴黎時，國平從德國過來，住在我這裏。國平是先生喜愛的學生，能相逢異鄉，先生極高興，得空便談天說地。正巧遠在美國的胡平恰恰有事路經巴黎，住在離我不遠的一個朋友家。這次師生邂逅巴黎，先生也稱巧。胡平得空就來看先生，執弟子禮甚恭。萬公潤南兩次過來拜見先生，也謙稱是先生的學生。因萬先生在清華念的是給排水專業，我就和他開玩笑，說周先生只講希臘，不講給排水，你算哪門子的學生。先生卻一臉嚴肅地說，我和萬公都是清華畢業，我們是校友啊！先生在巴黎和舊雨新知相聚，興致極高。有時我要拉先生出去玩，他反會問我，今天會不會有人來啊？

先生在巴黎去先賢祠拜謁了盧梭和伏爾泰，又去巴比松村參觀了米勒的畫室。先生在北京的書房裏，很長時間掛着米勒的《鐘聲》，先生在他的《自述》中說："我看到農田裏的農民，總想到法國米勒的畫《拾穗》和《鐘聲》，心裏便豁然開朗起來。"拜謁盧梭，參觀米勒畫室是先生的夙願，終得一了，先生心情極好。有邦洛大姐在旁精心照料先生的起居飲食，先生說他在巴黎住一個月，人都胖了。我和雪能得機會侍奉晨昏，也覺心滿意足。時間飛馳，不覺先生離法的日子就到了。雖說早知聚散無常，但偏偏"情之所鍾，惟在吾輩"，終不能若無其事，心中悵悵是難免的。送先生返京的那天，托運好行李便與先生坐在咖啡吧閑聊。先生突然從包中拿出厚厚一疊紙張，一看是先生的全套醫療檔案。心電圖、化驗單一應俱全。先生說來前就知道醫生不願我長途飛行，但我決心不理會，為防萬一，我還是準備了一份病例副本，省得萬一需要看病讓你們措手不及。聽先生這樣講，我鼻子有點酸，急忙打岔，安慰先生，說知道先生身體無大礙，必有百歲洪壽。先生大笑，說"老而不死謂之賊"，我可不願當百歲老賊。送先生到登機廳，先生過安全門後回過身來，舉起手杖，雙手做一揖，便轉身去了。我一下子憶起七六年初，寒冬雪夜，在鼓樓送先生上七路無軌的情景，一晃二十年了。此一別，與先生遠隔重洋，不知幾時才能相見。一下子眼淚奪眶，急拉住雪，掉頭走了。

十二

先生回去了。隨後幾年常有信來，但多不長。新年春節必有賀卡，永遠是殷殷的關切。我雖然忙於俗務，也不忘常給先生去電話。每次電話先生都會講許多話，從國內政治經濟形勢到熟悉的友人動向。常常說着說着便突然停住，問我長途話費是否很貴。我和先生開玩笑，說掙錢不就是為了打電話嗎，否則我會游手好閑。先生說他知道在國外生活不易啊。

九八年初，先生輾轉托人帶來他的書《論人和人的解放》，裏面收了一些他早年的重要作品，其中有我最喜愛的《莎士比亞的人格》，也收先生近些年的新論。讀先生的著作，觀點或許有異同，但知先生發言皆出自肺腑，這是他為人為文的一貫風格。他說“人，如果不是語出自丹田，誰願老是聽你只是喉管發出的聲音，或者重複他人講過的廢話”。先生晚年發言不多，但“米豆千甑，不如明珠一粒”，言論與思想的價值不是以數量衡量的。先生在展望中國倫理學建設的前景時，語重心長地指出：“我以為二十一世紀的新倫理學，首先不是把仁或愛 (或利他、自我犧牲等) 講清楚，而是要先把公正或義 (或正義、公道等) 講清楚。”“愛而不公正比沒有愛更可怕、可恨。”先生何出此言？我想因為先生深深知道，正義論或倫理學中的正義問題，從根本上牽連着政治自由主義的基本立場。由此，我們或可明白何以羅爾斯會繼《正義論》之後，再作《政治自由主義》。

該書中收有先生作於一九三八年的文章《中國文化對目前國難之適應》，六十年前的文章，竟似為今天而作。先生說：“僅僅是生命 (或生存) 與財產，並不能構成神聖的人權。其必須以人格為根基，始能使人權成為不可侵犯的東西。須知動物也有生命，有生存，但不能因此作為權利……。僅有經濟關係，僅有私產亦不能成為權利，經濟，必須是有人格的人為其理想而努力所取得的成果，始有價值的意義，亦因而是不可侵犯的權利。”這對那些聲稱吃飽肚子就是有了人權的國朝上師， 不啻一痛擊。在國脈危殆之時，先生相信中華民族抗敵的精神深藏於中華文化之中，而中華文化的生命力又深植於民眾之中。先生説，“須知我們幾千年來文化之所寄托，都是在於鄉民的生命上。”因此“中國抗戰力量不在中國都市，而實寄存於中國農民身上”。先生面對强敵入侵、國土淪喪的艱難局面，呼喚道：“我們今天該提起精神來，清楚地認識文化，並不只是指幾箱古物，幾本破書，幾個團團圓圓的所謂學者之流，文化該是這一民族所有為其理想而努力之活動力。……文化，就是從久遠的過去所流來的潮水，人沐浴於文化中，就是與一個巨大的生命之流結合，它能洗滌我們的心靈，也能鼓舞我們的心靈。”先生沉痛而激昂地宣示：“我們眼見日本軍士的野蠻，他們國內人士之輕浮，以及使得我們最會生活的人民妻離子散，女污男亡，生活艱苦，相對飲泣的種種事實，都是他們予我們的反面鼓勵。我們的人民，將會知道這一次戰爭，不僅是戰場上的爭戰，還帶來了文化的危亡，理想價值的毀滅問題。我們受過幾千年訓練的文化活動，決不會坐看其價值理想受辱甚至滅亡的。”

六十年前，先生就深信中華文化的生命力是深蘊於那些胼手胝足、辛勤勞作的大眾之中，六十年後，先生又提出“人民倫理學”，為那些被權勢集團欺壓凌辱的細民呼喊：“倫理學就是研究人民平時過道德生活的生活，他們當然既能愛‘好’，也能恨‘惡’，而道德生活就是靠愛與恨兩個經驗的積累，構成他們的性格和人格。而我們的民族精神，也要靠這些誠誠懇懇過生活、盡神聖義務的人去維持。……人民倫理學是非常樸素但又非常扎實的東西，也是十分廣大十分深遠的東西。既不以甘言媚世，也不對權勢者奉承。它只是如勞動者的手足，一步一腳印地耕耘。”先生積一生之學，持平實之論，立足典籍而心在田野，從無一時動搖。其理念之一貫，心性之堅實，足為我輩後學楷模。念及而今某些學界“新貴”，不能守觀念之貞於片刻，不惜詆毀華夏文人所秉持的“清流”理想，為求“用世”而狼奔豕突於權勢之門，更知何謂“萬物皆流而金石獨止”。

二〇〇二年晚秋，競馬回國開獨唱音樂會。我一時不能回去，雪帶着盈盈回去了。知先生最喜歌劇，便囑她一定請先生出席音樂會。那時先生已偶爾需輪椅代步，但上下樓仍堅持自己走。競馬在音樂會上獻唱了焦爾達諾的《安德烈–舍尼埃》。這位法國大革命中泣血的夜鶯唱道：

我去近旁的教堂，
一位祈禱者佇立在聖母與聖徒的神龕旁。
他收斂着全部的施予，
卻全不見顫抖的老人正徒勞地用哀求的雙手，
乞討微薄的垂憐。
我走過勞動者的茅舍，
聽到他高聲詛咒
腳下的土地、貴族和
他們的驕奢。
這苦難可使你高貴的心靈感覺歉疚？

這正是先生熟悉的主題，也是先生常常垂念的問題。先生從頭至尾聚精會神地聽完了演唱。音樂會結束後，北凌親自駕車送先生回家。雪從北京回法，帶來了先生的信。先生用大字寫了“范競馬偉大”五個字，覺得出來他極高興聽競馬的音樂會。只是信的結尾有些傷感地說，我九十歲了，這或許是我最後一次聽音樂會了。

二〇〇五年，先生又寄來打印成集的文稿，題字在上面，說是“老殘留言”。這些文稿我大多已經拜讀過，惟有附在文稿中的一封毛澤東論及先生文章的信令我好奇。毛澤東讓劉少奇讀先生發表於一九六二年九月九日上海文匯報的文章《希臘倫理思想的來源與發展綫索》。毛澤東就先生文章議論到：“所謂倫理學，或道德學，是社會科學的一個部門，是討論社會各個階級各不相同的道德標準的，是階級鬥爭的一種工具。其基本對象是論善惡(忠奸、好壞)。統治階級以為善者，被統治階級必以為惡，反之亦然。就在我們的社會也是如此。”

毛澤東的批語作於九月十五日，也就是說，先生文章一見報，毛就注意到了。幾天之後，他就想到要讓劉少奇讀先生的文章。毛這位深諳權詐厚黑之學的梟雄，絕不會平白無故對希臘倫理學感興趣。若不是有現實用意，這個問題對毛實在是太遙遠、太抽象了。什麼是其中玄機？

我給先生打電話討教。先生說其實他一直不知道毛曾對他的文章有過批示，不久前北大李醒塵先生告他，並給了他一張複印件。這事讓他也有點想不明白。只知道當年作文時曾着重談了梭倫的調和妥協精神。先生還趕緊補充說，我是給文章戴了階級鬥爭的大帽子的，那時候在這頂大帽子底下談幾句調和中庸已經很不容易了。再問毛何以會對他的文章感興趣並要批給劉讀。先生說他在文章中談了兩點，第一，梭倫的折衷調和成為後來希臘奴隸主民主派的政治路綫；第二，梭倫手拿大盾保護雙方，所以他心中的公正內容就是"調整公理與強權，協和共處，人人各得其所"。先生說，六二年初，中共開了七千人大會，毛劉在政治上有衝突，毛想向劉發出調和的信號，大家不要再爭鬥了，同心協力挽回局面吧。或許毛看到我的文章講中庸、調和，就讓劉也讀一下，不要再揪大躍進餓死幾千萬人的事了，講點中庸和諧吧。我吃驚先生對這事的判斷與歷史事實相差太遠。先生對毛的用意的分析只反映出自己的善良和天真。這真是無奈，宅心仁厚之人對黨國權力鬥爭中，人心之兇殘險惡，永遠缺乏想像力。

事實上，在七千人大會前，劉已經準備了一個講話提要，共有四點：一、要放開講錯誤，重病用猛藥；二、這幾年的錯誤中央負主要責任；三、批分散主義要講事實，一個都不能少；四、黨內鬥爭過火，民主不够，廬山會議只反右不反左。這四條表明，劉已認定毛的路綫是造成大災難的原因。劉又在正式會議上講出了"三分天災，七分人禍"的名言。毛這個猜忌心極重、整人術到了爐火純青的人難道不明白劉這個"人禍"所指何人？六二年七月上旬，毛劉在中南海游泳池發生衝突，劉急不擇言，竟說出

“餓死這麼多人，歷史上要寫上，人相食要上書的”。這是狠批了毛的逆鱗，犯了毛的大忌。偏偏在這次衝突之後，八月一日，《人民日報》重發劉少奇論道德修養的著作《論共產黨員的修養》，九月份又出單行本，共產黨員人手一冊，發行量竟一時超過《毛選》。共產黨高層諸公中，劉是唯一一個寫著作涉及道德修養的人。雖說這部書早在紅朝得鹿以前就發表了，而且毛早就讚賞過這部書。但在共產黨的倫理中，對錯的取捨永遠繫於最高獨裁者的好惡需求。九月九日，先生的文章見報了。這真是歷史的巧合。

先生的文章共分四節，一、倫理學來源於社會矛盾；二、為奴隸制所決定的社會生活的特點；三、圍繞“中庸”“和諧”為中心的表現形式；四、爭論的問題與流派。正像先生所說，他是給希臘倫理學的思想戴了“階級鬥爭的大帽子”，但重點放在梭倫的中庸調和思想，這是先生想說的話。依我看，毛恰恰是看中了先生講道德的階級分野一題。因為“階級鬥爭”正是他那時已經選定的整治劉和黨內稍有異見者的致命武器。正因此，毛在給劉的批示中強調倫理學是“階級鬥爭的一種工具”，還特別指出“就在我們的社會也是如此”。毛對先生文章的關注點，恰不在“調和”、“中庸”，而在把倫理學中的某些理論問題用於“現實階級鬥爭”，其實就是黨內鬥爭的工具。這種文本誤讀真是有趣。不過，是先生誤讀了毛，而毛是絕對不會誤讀先生的。毛借先生文章中所談的問題給劉下好了套兒，只等着“收圍”呢。

在毛將先生的文章批給劉少奇讀的八天之後，毛就忍不住向熊向輝大發牢騷說“以前兩個主席都姓毛，現在一個姓毛，一個姓劉，過一段時間兩個主席都姓劉”。六七年文革已起，劉已成毛的瓮中之鱉後，毛對巴盧庫講了實話，說六二年七千人大會之後，我們就發現資產階級已經在黨內佔據高位，要推翻我們了。其實在六二年九月二十四日召開的八屆十中全會上，毛已經明確提出階級鬥爭要“年年講，月月講”，並且點明，“這種鬥爭要反映到黨內來”。這明明是“項莊舞劍，意在沛公”。劉卻不明就裏，在會上拼命迎合毛的階級鬥爭路綫，真是都叫人賣了，還幫着數錢。六七年，王力、關鋒寫了《在幹部問題上的資產階級反動路綫必須批判》一文。毛親筆在文中加了一大段話，疾言厲色地說：“千萬不要上《修養》那本書的當。《修養》這本書是欺人之談，脱離現實階級鬥爭，脱離革命，脱離政治鬥爭，閉口不談革命的根本問題是政權問題，閉口不談無產階級專政問題，宣傳唯心的修養論，對這本書必須徹底批判。”這才是一九六二年毛將先生的文章批給劉少奇看時沒明說出的心裏話。毛的枕邊人江青不小心說了大實話，“七千人大會上，毛主席受了氣，文化大革命就是要給毛主席出氣。”六八年的一次政治局會議上，江青衝毛撒嬌發嗲，說彭真欺負了她，毛立時給嬌妻撐腰，說“彭真算什麼，我一個小手指頭就可以打倒他”。這就是中國最高權力機關的會議，形同黑幫團夥。毛自己倒是說得坦白，“我們就是造反，和當年宋江差不多”。

我絲毫不想苛責先生對毛的誤讀。心底光明的人常常對那些內心黑暗糾纏的人缺乏體識。房龍何等聰慧之人，看納粹在德國的種種惡行，竟以為是“希特勒在搞小孩子的惡作劇”。羅斯福閱人、閱世不可謂不深廣，在與斯大林打交道時竟然“直覺他是個高尚的人，可以和他攜手共建民主世界”。就在這時，希特勒正在制定滅絕猶太人的計劃，斯大林已下令在卡廷森林槍殺了二萬餘名波蘭軍官。善惡相較量時，惡總會在當下的爭鬥中佔上風，這真是造化捉弄人。後來我幾次向先生講述我的看法，也舉出許多確鑿的史實來說明。先生有些同意我的分析，但又說他還有一個角度不可不慮及。毛本起於草莽，素稱自己是“土包子”，骨子裏是朱元璋一類的帝王，他亦喜歡魏武，外顯壯闊雄大，內藏陰柔權詐，最不耐煩道德修養一路酸文假醋。而劉偏偏在七千人大會之後重印《修養》，搞得全國轟轟烈烈學習，讓毛心裏不舒服。我力爭說，這絕非個人性格喜好問題，而是列寧式黨國政治制度的權力鬥爭方式，加上中國式宮廷權謀，被毛運用於當今政治生活。先生感嘆說毛這個人一生待人處事，於公德私德都大有欠缺，對劉的鬥爭就太殘酷，幾乎搞到屍骨無存。我說，為保個人無上權位，而一逞狂想，陷億萬生民於水火，如此人物豈是公德私德有欠就可盡括？幾十年來，國朝上下道德淪喪實自毛始。先生說“你講得有些道理”。

二〇〇六年，突然接到先生自國內打來的電話，有點吃驚，平日都是我給先生去電話，先生有何急事找我？讓先生掛下，我再撥打回去，先生在電話中語氣沉重地問我，是否知道天予把國平告上了法庭。這事緣起於國平在《自傳》中提到建英的哥哥郭世英文革前因X小組案被整肅的事，其中提到了天予，而天予認為所言不實，一定要討個公道，便要與國平對簿公堂。先生為此事甚着急，從北京來電就是要我勸兩造和解，説事已至此，怕只有你能勸説他們兩人息訟。我告先生我完全無能為力。先生卻不依，執意要我有所行動，説真打起官司來，必是親痛仇快。先生説現在重要的是反省批判那個年代，在那時候，誰説過什麼，做過什麼都不重要，重要的是要分析為什麼會出現這種事情。先生情緒有些激動地説，同學之間有什麼賬好算？誰和毛澤東算過賬？誰和劉少奇算過賬？那場把天予整成反動學生的運動是彭真直接領導的，誰和他算過賬？如果不記取教訓，對同學們受過的災難不反省，將來悲劇要重演的。

我當然同意先生的看法，但比先生更瞭解此刻的國平和天予。人難免有一“執”，事關自身名譽時，便愈發“執”得厲害。天予、國平當然都是尊敬先生的，但年輕時結下的怨真不容易化解。人很難改變年輕時認定的事實。在先生看來，倆人仍舊都是他所喜愛的學生，老師説話總會起作用。在我看來兩人皆囿於自身所執之事，以為原則所在不能退讓。先生為此事幾次催我有所動作，我想先生太高估了我的能力。我知道先生曾請國平到家中，表示由他親自作東，請天予、國平吃飯懇談。先生幻想能把盞盡歡，冰釋前嫌。儘管學生們仍敬重他老人家，但要他們尊師囑行事已不可能，真是人在江湖，身不由己。國平當時表態說只要天予撤訴，他願作東請客與先生一聚，答謝先生的關心。先生也與天予談過，天予說只要國平道歉，他也有息訟的意願。但難就難在"只要"兩字上。這是一死結，解執惟一方退讓，而這一步實在難退，因為兩人都有道理可說。天予是科學家，國平是詩人哲學家，看問題的方法、角度都不同，這樣兩造又如何調解？先生愛他的學生，以為必須呵護兩人，誰也不該受委屈。我愛我的朋友，但知道男人間的事，該殺該打只能由他們去。這點難向先生言明，只好敷衍先生的囑托。我對先生說，您就自當哥兒倆打架，家長兩不相幫。讓他們打個頭破血流自有停手的時候。先生剛直純正之人，總也搞不明白我在扯什麼淡。最終先生不願看到的情況還是發生了，問題終在法庭解決。判決國平勝訴之後，我與先生再次通話，先生只是重複說不應該，不應該啊，都是受害者。在先生心中總覺自己是有孩子受了委屈的家長，但先生不知，天下哪有聽家長話的孩子。

二〇〇六年底，去國十七年後，我終回故土。孤舟一繫，當然首先要去看先生。十二月二十六日，飛機落地正是中午，怕打攪先生午睡，便先到正琳家吃飯。與正琳八九年別過再未相見，此刻重逢，今夕何夕？興奮難以言表。傅大姐的牛肉粉真是天下第一。在正琳那裏呆到三點鐘，便去看先生。與先生自九五年巴黎分手，已逾十年，而告別朗潤園十公寓已十七年了。樓前老白楊樹仍在，而木葉盡脱，幾株乾枯的植物在寒風中蕭瑟。走進樓道，見玄關更加破舊，似乎這些年來沒人維修過，樓梯已有數處剝落。寒風從樓門破損處吹進，寒意襲人。想昔日同學少年，如今誰個不寶馬香車，華屋美舍，更見先生此處的清冷落寞。敲門，邦洛大姐開門，引我們進屋，先生已坐起等候。原本囑邦洛不要早早驚動先生，但先生畢竟知道了，中午竟未午睡，一直坐在那裏等候。先生的房間仍是老樣子，那張老書桌忠實地陪伴先生閱盡歲月滄桑。屋子裏多擺了一張躺椅，愈顯得局促。記得一位波斯國王曾往潘布羅克小屋拜會曾兩任英國首相的約翰·羅素，羅素為房子的狹小向國王道歉，國王回答說："屋子確實不大，卻住着一位大人物。"先生能在這方寸之地親炙中外先哲，又有何小可言？書房門上掛着先生手澤，為文天祥在元兵獄中所作：

孔曰成仁，孟曰取義
唯其義盡，所以仁至
讀聖賢書，所學何事
而今而後，庶幾無愧。

先生在旁注道：

為國盡忠，乃義之盡也

為民族盡孝，乃仁之至也

南牆原來放置康德全集的小書架搬走了，掛上了先生手書條幅“殷鑒不遠，多行不義必自斃”，注明“二〇〇一年六月四日”。知先生心中仍牽掛着十七年前少年學子的喋血。那些曾經鮮活亮麗的青春之魂始終活躍在先生的記憶裏。這悲哀如此深重，在已近百歲的先生身上，幾是世紀之哀。與此相比，我更驚異於那些衣馬輕肥的學界新貴，他們那樣輕浮不屑地對這些模糊的血肉扮着鬼臉，儘管我親見他們也曾在死者生前的行列中舉起過拳頭。敬問先生起居，先生頻頻點頭，説好，好，就是老了。先生確實老了，臨近九十六的人了，能説不老嗎？先生走路要人攙扶，或靠支架扶持行走。但先生的活力和精神又好得讓人吃驚，尤其是談吐問答之敏捷，頭腦記事之清楚，幾乎是一奇迹。我們也知道有近百歲的老人生命雖在，但靈魂已走。而先生，正如聖· 奧古斯丁所言：“只有能拿走我靈魂的人才能帶走我的生命。”向先生呈上在香港出版的賓雁紀念文集，先生拿過左右端詳，説書印得漂亮。又急忙讓我讀他前幾個月在唐君毅先生紀念會上的發言。先生在這文稿的一句話下面重重畫了道紅綫：“唐先生對人類，愛其生，悲其苦，一生依靠一隻手，一支筆表達他的善意。”我想這正是先生夫子自道。先生曾在《論人和人的解放》一書後記中寫道：“我佩服古往今來站在人民一邊，捍衛人民的權利與人格的有良心的志士們的氣節與靈魂。我手中只有半支白粉筆和一支破筆，但還想用它來響應這些古今中外賢哲們的智慧和勇敢。”正想着，突然耳邊聽不見了先生的聲音，原來老人家已經聚精會神地讀起了賓雁紀念文集，不再理會我們的閑談。北國的冬日，天真短，只覺片刻，竟已黑了。打開燈，柔和的燈光灑在先生的白髮上，先生捧着那部厚厚的書，湊近眼睛，讀着，讀着⋯⋯。我們不再説話，靜謐飄來，帶我回到七五年的冬日，我初登先生門的日子。就在這個時刻，就在這間小屋。

三十多年，走近先生身旁，受先生教誨，體會先生的偉大人格，漸漸明白，希臘先哲所區分的“靜觀的人生”與“活動的人生”在先生身上是渾然一體的。先生用超越的純思貢獻學術，又以入世的關注體察民生。平日慎言篤行，卻不忘讀書人“處士橫議”的本份。邦有道，先生聞鷄起舞，邦無道，先生鶴衣散影。內心守死善道，終不忘循善取義。見先生手錄佛陀臨終語置於案前，“諸有為法，悉皆無常，精勵行道，慎勿放逸”，知先生是勘破紅塵後仍素懷持守。想先生這一代讀書人運氣真差。古來“士可殺而不可辱”，而國朝治士，前是先辱後殺，後是辱而不殺，再後，直教讀書人自取其辱，乃至不覺其辱，甚而以辱為榮，反辱同儕，競相作辱人者的同道。清流盡掃，士林心死，其哀何之？先生知其辱而保其尊，守其弱而礪其志。信大道如砥，雖身不能至而心嚮往之。

先生在給我的信中說："我希望人類終有一股正氣來讓人類能安靜生活下去，可能這也只是希望，但比較合理一點，也許是可能的。狂風暴雨之後，將有晴朗的一天，這大約是氣象學上的規律。我們過去已經等候久了，可能還要等候。今年我給朋友的賀年片上都寫着'風雨如晦，鷄鳴不已'的話，看來天總歸是要明的。"錢鍾書先生曾拈出劉孝標《辯命篇》一語，"'風雨如晦，鷄鳴不已'，故善人為善，豈有息哉"，來解山谷詩。先生引此語，亦恰是此意。九一年時，先生曾作文總結好友許思園先生的一生，先生說："他在特有的孤恃外，更有他特有的天真，使人覺得這個世界究竟還有一些在天空下獨往獨來的人，令孤獨的人不覺得孤獨。他好似月夜裏一顆孤星，並不被睡着的人看見，但卻為那些整夜不能入睡的人，忽然從床上透過明窗發現——它的光是何等清明。它的面目是何等安詳而令人遐想！人為什麼非在烈日陽光下，鳥語花香中生存，否則，便不算生活呢？為什麼在半夜裏、天空中、寂靜地蹣跚而行，就不算是一種良好生活呢？"我以為這段話再恰當不過地描述了先生的一生所求。

二○○九年一月一日，給先生打電話恭賀新禧。先生那天談興極濃，說話滔滔不絕。談到國內形勢，先生說，現在中國的問題是大人物只關心自己的小事情，而小人物的大事情卻沒人管。先生怕我不明白，特地解釋說，大人物的小事情就是升官、出國、撈錢、安置子女。大人物做起這些小事情來卑鄙得很。小人物的大事情是生老病死，看不起病，上不起學，住不起房，社會沒有公義啊。先生又說，大人物可要注意了，小人物的大事情辦不好，大人物的小事情也會出麻煩。一個社會沒有正義，必定要出問題，人類幾千年歷史就是這樣走下來的。聽先生這番話，我幾無言。昔莊周大小之辯，辯在孰優孰劣，今先生大小之辯，辯在黎民蒼生啊！先生又講起國內學術腐敗問題，說已成痼疾，從前為士林不恥之事，而今竟成通則。士無廉耻，國無希望啊！人在海外，對國內學術界的糗事常有所聞。前年回國，朋友們相聚也談及此事。我卻不甚吃驚，本來自紅朝得鹿，諛桀頌紂皆是文章，而今革命怒吼為市聲喧囂所代，焚琴煮鶴亦成雅玩，此事本一體兩面，不足為奇。傷心惟是中華三千年衣冠文物，曠絕幽奇之事渺不可尋。先生純然一讀書人，痛心疾首也是當然。我們無能挽狂瀾於既倒，只能寄希望於中華文化生命堅韌頑強，破土重生。

先生耳朵有些聾，說話怕我聽不清，便聲高起來，話筒中竟覺得有些震耳。先生最後感嘆說，過年我就九十八歲了，還想去法國看你們啊，就是不知航空公司肯不肯賣票給我這個“九八病叟”啊。說到“病叟”兩字，先生有點自嘲地大笑起來。在先生的朗聲大笑中，我卻不由淚水湧出。怕先生察覺，匆匆掛斷電話。

呆呆坐着，許久，許久……。天漸漸暗了，幾點細雪飄落，愔愔地灑在青竹赭瓦上。先生言猶在耳，透骨的悲涼瀰漫開來。寂靜中，彷彿見到先生，在清河小營哲學班的教室裏。先生剛擦完黑板，回身轉向我們，飛舞的粉塵在陽光的裹挾下變得金燦燦的，罩在先生身上，先生的身影模糊了，像峨嵋金頂上隱現的佛光。而耳邊的天音卻有着川腔："巴門尼德說'存在是一'"。

後　記

今年元月二十八日先生起床穿衣時不慎跌倒。夜間便覺背痛，送醫院檢查，未見骨折，返回家中。二月四日，腰部見有小塊紅腫，又去醫院查。醫生仍說無大礙。那幾日常與邦洛大姐通話，手邊自一月份動手寫的《輔成先生》已完成四章。想全文完再呈先生審閱。本來寫先生就感綆短汲深，未成全璧的東西更不願給先生看。還有一層私意在，盼先生能平安養好跌傷，成其百歲之壽，這樣總能看到我的全文。但雪說，還是盡早把成文的東西呈先生寓目吧，讓他知道你在寫他。問邦洛大姐先生可有精力讀文？大姐說先生每日仍能讀兩個多小時報刊文章。於是傳文過去，大姐打印出來送先生過目了。先生一氣讀完，只說了一句："寫寫也好，讓別人也看看。"此是何意？先生知我往來素不過兩三子，這"別人"是誰？莫不是先生想讓我將此文公之於眾？

二月十八日，再打電話，邦洛說先生正在電話旁邊，今日精神不錯，可以說幾句話。等了片刻，話筒中傳來先生的聲音，大不似往日的洪亮，有些氣促聲微。只說身體不太好，又問我幾時回來。我即告先生今年暑期放假即歸探望先生，請他千萬珍重，耐心治療，等我回來。先生說聲好，便再無聲音。這是和先生最後的接談。放下電話，便告雪定下八月一日返京機票。

二月底，胡平自美來電，說聽到先生病重的消息，心裏很着急，問我可有新消息。我告他前幾日還與先生說話，胡平似稍放心，囑我有消息盡快告他。並說已請嘉映代他去看望先生。三月八日，胡績偉先生親往朗潤園看望先生，告之自己大病終癒的經驗。先生聞後甚受鼓舞。三月十一日，嘉映往朗潤園看望先生，回來後電話告我先生精神尚可，坐談近兩個小時，先生還憶及九五年在巴黎的日子。我聽後稍安心。三月二十八日，家兄自美回國，與家姐共往探視先生。因我與家兄長相相像，先生竟以為是我歸國，驚問“你幾時回來的”。家兄竟一時未敢道明真相，許久後才說我不是越勝，是越勝的哥哥。先生即送家兄文稿一冊，並堅持要簽上名字。但四月一日，病情急轉直下，送北醫三院診治，不料一月中竟四次轉院，進進出出，元氣大傷。期間因插胃管引起胃出血，又加肺部感染，一度入住重症監護搶救室。五月二十二日，是嘉映父親的追思之日，家姐前往途中接邦洛大姐電話，告今晨因醫生反復“洗胃”，造成先生血壓陡降，然後上一系列搶救措施。先生始終神智清醒，平靜注視醫生們的忙亂。在醫生最後挪動頭部時，突然閉目辭世。先生平靜而絕然地走了，始終保持着哲人的尊嚴。

五月二十六日，舉行遺體告別儀式。先生生平介紹中說"一九八七年因故辦理退休"，此話甚蹊蹺。何謂"因故"？因何故？語焉不詳。或許那些秘密終有大白天下的一日吧。北大校方無一人出席告別儀式。先生服務北大近六十年，育人無數，而校方竟吝於表達些微的謝意。蔡先生的學校已然變得如此缺乏起碼的禮貌和教養。讓我寬慰的是，我們哲學班的同學來了，向先生作最後的告別，雖然離開先生已多年，仍知為先生執弟子禮。先生教過的孩子，仁義總是在的。

八月返京，往朗潤園先生故居，已是人去屋空，只剩先生翻過的那些書卷默默地看着我。往老山謁先生靈，對先生說，我來晚了，未及送您老人家。我想先生等我，而您終等不及，先自去了。見先生遺容，雍容大度地微笑着，知先生不怨我。後將《大悲咒》一卷奉於先生靈前，作永久的祈福。先生一定知道小子的心願。

此次回京，得空往故園祭掃先慈先嚴墓。事畢隨北淩及姐弟覽觀五台，尋古刹清涼。山路蜿蜒二十餘里，見嵐氣出岫，虬松掛崖，青靄蒼蒼，層層染綠。山中陰晴不定，驟雨突至，一片迷蒙，忽又驕陽掃霧，滿谷金黃。有孤寺高居梁上，隱約疏鐘迴響。轉一急彎，素石碑樓兀然矗立，乃入清涼界。昔阮嗣宗遇大人先生於蘇門山，即此太行餘脈。大人先生與之暢論天地玄黃，大道存廢，後長嘯而隱。嗣宗歸而傳之曰："先生從此去矣，天下莫知其所終極，蓋陵天地而與浮明遨遊無始終，自然之至真也。"

清涼寺中庭有巨石如船，名"清涼石"，縱橫十餘尺，高丈餘，重數十噸。石身苔藻斑駁，遍體紋理飛動，隱然有靈氣，似遠古高士化身。其沉穩堅厚，古意蕭遠，寂然獨在，不正如輔成先生嗎？先生遠行已近百日，誰知其所終極？依先生心性，必會尋此清幽之地以避囂塵，托體崇山而巋然靜臥。有天風流蕩，萬籟諧響，巨木俯仰，群鶴環翔，又有幽泉濯之，雲霞蔚之，豐草綉其錦縟，冷梅獻其芳馥，伴朝暾夕曛，夜月曉星，聞晨鐘暮鼓、梵唄法音。於千山萬壑中得大自在，歷萬世而不墜，同日月而永光。

嗚呼先生！嗚呼先生！

二〇〇九年九月二十二日完稿
十月六日改定於奧賽小城

憶賓雁

賓雁，你已離開我們獨自遠行。時隔多日，我卻依然沉默。不是思念你的哀痛令我不能開口，而是心裏有太多的話想對你說，壅滯在心間，竟不知從何說起。去年為你八十華誕，蘇煒來電話邀我寫點什麼。我答應了，但坐在桌前，卻茫然不知如何下筆。近三十年交往的記憶如一道奔溪，從心間流過，想伸手留住它，卻僅在紙上灑下點滴印象，而你這個人竟在這些雜亂的記憶中消失了。於是明白，你這個人不是輕易能寫的。沒有普魯塔克、吉本式的巨筆，又怎能去描繪那些橫空出世的人物。結果竟爽了約。

自去年十一月十二日和你通話後，心中便有種不祥的預感。從話筒中傳來你的聲音，以往的渾厚已經變得沙啞，說幾句話就要停下來深深喘氣。我不願你多說話，急催你不要講，只聽我說。但你執拗地要說。談起你的病情，一如既往地樂觀，甚至談到出現了腹水時，也仍安慰我說“這也不是什麼大問題”。我要掛斷電話，你突然說“最近不要總打電話了，有事就通個消息”，之後還不忘問起張雪和盈盈，“噢，別忘了問她們母女好”。放下電話，我在黑暗中靜坐良久。問自己，什麼是“有事”？莫不是你內心中已經聽到神的召喚？果然通話不到兩周時間，你就再次入院，隨後就永遠離開了這個讓人眷戀又厭惡的人世。

西塞羅說過“那最具美德和最正直的靈魂可以直達天國”。賓雁，倘有天國在，你的靈魂必直入天庭。你終於離開行走一生的荊棘之路而得永恒的安息。這便是我們僅存的安慰。

這是怎樣的行走啊！虺蛇嚙咬，飛沙掩埋，酷日燒灼；在高山荒漠中厲聲呼喊而罕聞回音，卻時遭蟲豸的冷嘲；你想掘出一眼清泉，來澆灌一個民族饑渴的靈魂，卻只見無涯流沙，乾枯冷漠；你在暗夜中尋求光，它卻隱匿着，吝於透出一絲微茫。你走在一條西西弗式的道路上，只有攀登沒有到達，只有勞作沒有收穫。

但你從不動搖。像古往今來一切大智慧的先知，你總在關注那些歌德所稱的“公開的秘密”。在卡萊爾看來，這些“公開的秘密是那種展示給所有的人，卻鮮有人能察覺”的“事物的真實本性”。九州之上又有多少這種“公開的秘密”。只因獨夫沐猴而冠，便有動用國家暴力的宗教迫害。只因統治集團需要利益瓜分，便不惜毀家裂土。盛世喧囂，淹沒着苦難的哀聲。政績建設，上演着弒母的狂歡。權勢者的腐敗成為時尚標誌，宣教者的偽善變作道德楷模。社會生活被治人者有意引向墮落，理性的智慧擋不住意識形態的蠻橫。網絡有網警殷勤照料，言論由官員嚴加管束。沒有個人尊嚴，它遭受着當權者的恣意羞辱。沒有公民權利，它已經被一黨全權代表，卻不需任何授權。有誰不知這公開的秘密？ 只因日常不得不與之相處便視而不見、見而不怪了。你卻被它折磨得寢食難安，彷彿命運托付給你這個使命，“做一個公開秘密的揭示者”。而這正是先知的使命。每念此，我都被你的大勇所感動，卻在心裏悲嘆先知的命運。這些勇者很少不是悲劇性的。

如今，你離開我們已過半年。先人所說的“生前身後名”，其實早已於你無礙，只剩下親人和朋友的思念真實而久遠。賓雁，你上路時正是飛雪漫天，而今已是盛夏，萬物欣欣。清晨，我行走在林中河畔，你的身影會浮現眼前。還是那條你所熟悉的林中路，我們曾在這條路上漫步傾談。你在這裏時，當是嫩竹初栽，眼下卻已亭亭玉立，纖楊細柳亦成濃蔭。人說，枝繁葉茂時最宜回憶，我奢想能記下我們近三十年交往的點滴，將這微薄的記憶之光奉獻給你。我祈求詩人羽翼的庇護：

> 我眼前所有的已自遙遙隱遁，
> 那久已消逝的要為我呈現原型。(《浮士德》)

一、苦寒的拂曉

北風其涼
雨雪其雱
惠而好我
攜手同行（《北風》）

一九七八年，我去社科院哲學所《國內哲學動態》編輯部工作。這是一個不公開發行的小刊物，目的在於更快地收集和反映全國各地的思想理論動態。編輯部主任是從《中國青年》雜誌社調來的任俊明女士。一天，編輯部在開例會，我的座位正對着門口，忽然門輕輕開了，進來一位身材魁偉的男子。他是來找任俊明的，看我們正開會，便輕輕一彎腰，對任說："我過會兒再來"，就轉身出去了。任女士回頭問我："你知道他是誰嗎？他就是劉賓雁，毛澤東欽定的大右派，剛調到《哲學譯叢》編輯部。"熟悉中共建國史的人，對劉賓雁這個名字恐怕不會不知。七六年"四五"運動期間，我曾和父親爭論過中共統治二十餘年的是非功過，在談到反右時，我還提起過他。劉賓雁在我心目中是爭取新聞自由的先驅，五七年蒙難，死活不知。今天突然出現在眼前，又和我在一個單位上班，讓我驚奇又好奇，很想找他聊聊，問他幾個藏在心中長久不得解答的問題。

當時我年少氣盛，沒想過嚴格說來我們是兩代人了。

為了找個和他搭話的由頭，我特意去問任女士，他在找什麼。任告訴我他在找東歐國家哲學界的動態資料。我便請資料室劉青華先生幫我收集有關這個主題的目錄。青華先生給了我一份東歐國家哲學界的論文目錄，我拿上它去《譯叢》辦公室找賓雁。他見我手裏有這麼多他感興趣的文章題目，極高興，連連謝我，反復說還是哲學所資料室資料全，讓人大開眼界。我問他為何對東歐國家的哲學感興趣？賓雁的回答讓我吃驚，他說："我想看看裏面有沒有解凍的苗頭。"這話的深意我是後來慢慢體會到的，但"解凍"這個詞卻令我興奮。

從愛倫堡的《解凍》發表之後，這個詞就為渴望自由的心靈所嚮往。它使我們倆人的對話立即順暢起來。賓雁對我這個素不相識的毛頭小子如此坦誠，頗令我意外。想想他這一輩子遭受的苦難吧。在這塊土地上，他永遠是敵人，伴隨他的總是監控、告密、批鬥、凌辱。二十幾年下來，他竟對人毫無防範之心。我們一直聊着，一起去食堂打飯。通常中午休息時，賓雁會在譯叢辦公室把兩張桌子並在一起，鋪塊毯子就在這桌上小睡片刻。但那天賓雁沒有睡午覺。自那時起，我們常常一起下班，騎車沿南北小街回家，一路交流各種政治信息，談論最近讀的書，想的問題，永遠有說不完的話。到東四十條分手，我往左拐回鑼鼓巷，賓雁往右拐回三里屯。冬天刮西北風時，看他費力地逆風而行，努力躬着身子蹬車，寒風吹散他已經花白的頭髮，騎出幾十米必定回過頭來再招招手。我心中感動，認定這是個今生今世的朋友。其實我比賓雁小近三十歲，真有點不知天高地厚。

那時我正關注法蘭克福學派的社會批判理論。首先吸引我的是阿多爾諾的音樂哲學，因為覺得他對十二音體系的論述太政治化而轉讀馬爾庫塞的美學心理學批判。看到賓雁對東歐國家哲學界的動態有興趣，我便把馬爾庫塞的成名作《蘇聯馬克思主義》介紹給他。賓雁讀書極快，幾天後就把書還給我，説這書很有價值，應該翻譯出來。並對我説，其實他最感興趣的是南斯拉夫哲學界實踐派的思想，讀了馬爾庫塞對蘇聯馬克思主義的批判，認為它們之間有相通之處。他一再提醒我應該去讀馬爾科維奇。我不熟悉這個人，賓雁告訴我，他把馬克思的異化理論當作社會批判理論的核心。七八年初，異化問題在國內哲學界還很少有人關注，賓雁卻已經注意到這個概念對瓦解現存意識形態的重要意義，他認為異化是確立人道主義的基本概念。賓雁思想之敏鋭，視野之開闊，讓我吃驚。有趣的是，賓雁在介紹南斯拉夫實踐派時，用的是“新左派”這個詞，給我印象極深。賓雁是做事認真的人，幾天以後，他就複印了一篇馬爾科維奇的長文《馬克思的社會批判理論》要我讀，説他正考慮編一部南斯拉夫哲學論文集，想收入這篇文章，要我讀完之後把它譯出來。真巧，我從西方的法蘭克福學派讀社會批判理論，賓雁從東方的南斯拉夫實踐派讀社會批判理論，竟是殊途同歸。現在回想在七十年代末，“社會批判”這個概念為何如此吸引我們？

更確切地說，為何賓雁會對之如此着迷？

法蘭克福學派的批判理論是以西方發達資本主義，或者在更廣泛的意義上說，是以後現代社會為批判對象的。但當時在我們心目中，馬爾庫塞所使用的 Establishment (現存權勢集團) 完全可以拿來指稱專制集團。所謂“單維人”的概念也可指極權社會中受壓抑的個人。特別是無壓抑文明的概念，對於無往不在枷鎖中的國人更有感召力。賓雁關注南斯拉夫實踐派，也有幾個特別的着眼點。一是以人民名義行使統治權的黨政集團，怎樣異化為全社會的壓迫者。二是馬克思的人道理想怎樣引出了無人性的社會制度。三是馬克思關於自由人的論述怎樣變質成壓抑人的精神自由的意識形態，它敉平人的創造性思維，使人喪失人性。這些問題引賓雁思索。因為他曾把青春獻給這些理想，現在卻眼見它們成為當權者的謊言，而那些真正信奉和實踐這些理想的兒女反遭吞噬。當時我認為對共產政權的決定性批判已經由兩部曠世傑作所完成，理論上是吉拉斯的《新階級》，文學上是奧威爾的《一九八四年》。但賓雁不同意，他認為，列寧主義是一個極壞的轉折，他的階級、政黨、領袖相互關係學說，是使馬克思理論徹底變質的關鍵。賓雁多次强調，這套理論在中國未得徹底清算之前，馬克思學說中有生命的東西就不可能成長。這真是賓雁的洞見。

七八十年代交替之際，思想界一些有頭腦的人正積極地尋找理論上的突破口。當然，他們的努力仍跳不出馬克思理論的框架，但一些人希望能够在馬克思本人的理論中發掘出新的思想資源，作為批判毛式意識形態的根據。在馬克思思想形成中起了重要作用的異化概念就成了這個突破口。賓雁是最早注意到這個問題的人之一。事有湊巧，當時高爾泰先生剛借調到社科院美學研究室，我常和他在一起聊天，書法，繪畫，美學，文學，海闊天空。高先生曾把他為女兒手繪的一大本連環畫《大怖龍的故事》拿給我看。作品從人物構圖到色彩運用，無不超逸高絕。一次我偶然向他提起《哲學動態》正想組織異化問題的討論。高先生説，他曾在六十年代寫過一篇關於異化的文章，可以拿給我看看。幾天後高先生來編輯部找我，拉我到走廊無人處，小心翼翼掏出一摞稿紙，稿紙的邊緣已經發黃破損，似有水漬在上。高先生説這稿子文革時，藏在莫高窟某洞室，才躲過劫難。我恭恭敬敬接過來一看，文章題目叫《異化辨異》。當晚拜讀，其中某些説法我雖不盡贊同，但文章有理有據，很有價值。後得任俊明女士首肯，發表在《國內哲學動態》上。國內刊物上討論異化問題的文章，高先生這篇可謂濫觴。雜誌出刊後，我立即送了一份給賓雁。

之後不到一個月，我收到了從武漢寄來的署名墨哲蘭的文章《馬克思手稿中的異化範疇》，文中對高先生的文章多有辯駁。作者對馬克思的一八四四年手稿如數家珍，行文極有力量，看得出是一位深思精辯的高人。我將手稿給賓雁看，告訴他討論已經開始。賓雁很興奮，還特別問我文章的作者墨哲蘭是什麼人，問我和作者是否常通信。正是賓雁這一問，我才給墨哲蘭去信，三來兩往，知道墨哲蘭就是張志揚，文革期間被囚禁在單人牢房，手中只有一部《一八四四年經濟學—哲學手稿》，志揚讀它如茨威格小說《象棋的故事》中的主人公讀棋譜，真是“爛熟於胸”。也正是有了賓雁這一問，才有我和志揚二十多年不渝的友誼。

當時社科院院部有個刊物叫《未定稿》，負責人是李銀河的父親林偉。賓雁常去他那裏看各種資料，總拉上我一起去。銀河的父親溫和開通，必把新收到的稿子給我們看，說“能用就拿去發表，活躍思想”。《未定稿》收到的稿子五花八門，從那裏可以看出七十年代末，中國許多人在考慮各種各樣的問題。可惜不管是《國內哲學動態》還是《未定稿》，都不是公開刊物，那些鮮活敏銳、言之有物的文章只能“內部發行”，而且僅僅是極少的一部份。公開的刊物上，永遠是枯燥無味的廢話套話。賓雁每次看稿回來，都感慨萬千，說“中國不是沒有人才，都讓這個制度壓死了”。

賓雁關心的問題範圍極廣，從哲學理論到現代文藝思潮，從政治學到美學心理學，從宗教到國際共運史。他常說的一句話是：“這個問題有意思，要抓緊時間研究研究。”我吃驚於賓雁的學養。他讀書又多又快，範圍也廣。他使用俄文差不多像母語，英文也好。一天我見他在讀一本講談社出版的《新馬克思主義》，才知道他還通日文。

賓雁討論問題的方式很獨特。他總要先提出問題，這個問題可能是他久已信仰的理想，也可能是一個他所不熟悉的主題，而這個主題干擾動搖了他的信仰。他會圍繞這個主題反復詰問。例如對"共產主義理想"這個陳腐命題，賓雁會鍥而不捨地追問，"難道這個理想是全無價值的嗎？難道為追求這個理想獻身的人都是上當受騙？"但是他又清醒地知道，那麼多殘暴齷齪、傷天害理的勾當是借這個理想之名而行。理想和現實之間的矛盾始終困擾着賓雁。從我們相識到他逝世，其間雖有相當的變化，但這個矛盾時而潛隱，時而彰顯，總是揮之不去。賓雁對馬克思的那些理想主義的論述有相當共鳴。但是和他討論馬克思主義，你會發現在他心目中，馬克思主義的生命力大多包含在他的《一八四四年經濟學—哲學手稿》中了，也就是說賓雁所熱衷的是馬克思思想中最具哲學性和人道主義的那些內容，而這些內容恰恰不容於當下共產主義意識形態。

在馬克思的《一八四四年經濟學—哲學手稿》中有一段著名的論述："共產主義是私有財產即人的自我異化的積極地揚棄，因而也是通過人並且為人而對人的本質的真正佔有，因此它是人向作為社會的人即合乎人的本性的人的自身的復歸，……這種共產主義，作為完成了的自然主義，等於人本主義。"在賓雁看來，這就是馬克思主義追求的理想。也正是為了探求這個理想，他一頭扎進南斯拉夫哲學界的文獻中，尋找這種人道主義的馬克思主義在當今世界中存在的理由。七八年下半年，賓雁花了很大精力編他的《南斯拉夫哲學論文集》。他在為這部文集所作的序言中，道出了他心目中的馬克思主義理論核心：人和人道主義。在這篇沒有署名的《編者的話》中，賓雁寫道："人和人道主義的問題在馬克思主義哲學中以及社會主義實踐中應佔據什麼位置？是像蘇聯歷史上那樣，把物和物質生活條件的改變擺在第一位而較少考慮人的利益，人的權利和人的發展，把這一切放到遙遠的未來呢，還是應該自始就關心人的問題？"南斯拉夫戰後哲學發展的基本特點之一，就是"在蘇聯歷來的哲學思想中被視為抽象物而排除於哲學之外的'人'，應該佔據哲學思想的中心地位。馬克思主義哲學首先要關心的，應該是人的解放"。

賓雁寫這篇《編者的話》大約是在七八年底，雖然發表時已是七九年三月。當時中國社會才開始出現政治變動的苗頭。許多文革受難者剛醒過來低頭看自己血淋淋的傷痕，而賓雁已經站在哲學理論的高度，大聲疾呼人的問題，真是空谷足音，振聾發聵。還不僅是這些，賓雁進而認為："社會主義社會中也會有人的異化問題。在蘇聯式的國家集權主義體制下，工人無權參與重大問題的決策，人民本應是政治主體，而實際上國家和以工人階級名義進行統治的黨卻成了主體，人民倒成了政治客體。"賓雁所指出的這種社會政治上的異化，正是馬克思主義的悲劇，它經過列寧的改造而走向其理論初衷的反面。由於密謀起義的需要，列寧將政黨改造成密謀集團，擁戴一個被稱為領袖的絕對獨裁者。列寧認為這是一個需要有鐵的紀律，並且凌駕於法律之上的特殊集團。它無需任何授權，也不需要合法化過程。它不對被統治者負責，不對社會負責，而只服從那個領袖集團，即黨的領導層，最終只對唯一的獨裁者負責。在這個陰謀集團打造的社會結構中，沒有個人自由的空間，政治組織成為殘酷的迫害機器。在奪取國家政權的革命完成以後，統治集團愈來愈依靠意識形態動員和秘密警察監控來實行它的統治。這就是存在於蘇聯和中國的社會現實。對這個現實，賓雁有清醒的認識。

在《南斯拉夫哲學論文集》選編過程中，賓雁很費了一番心思。他想表達自己的理論追求，又要照顧文集能夠順利出版，在選題上就不能不有所取捨。一天下午，我去《哲學譯叢》，想約他下班一起回家，見他坐在那裏很傷腦筋的樣子，問他有什麼事。他說："文集的內容不好定，有些文章不想收，但怕人家說不全面。"他指着一條劃着紅綫的篇目，說這篇文章沒意思，談的是列寧的創造性，基本上是老一套。可文集中要是一篇關於列寧的文章都不收，恐怕會通不過。書出版後，見到裏面收了這篇文章。有意思的是，賓雁親自譯了文集中的五篇文章，《論哲學的社會作用及其與社會的關係》，《教條主義是革命的大敵》，《教條主義和政治制度》，《同馬克思主義相對立的斯大林主義》，《反映與實踐》。仔細讀這五篇文章，能感到賓雁呼之欲出的追求：使馬克思主義掙脫官方意識形態的枷鎖，重新回到它的人道主義源頭；把馬克思主義從共產黨意識形態中剝離出來，讓它回歸人類精神文化之流。

賓雁當時約我譯馬爾科維奇的文章《馬克思的社會批判理論》。這篇文章的主旨正是賓雁關心的問題“馬克思理論的本質”。馬爾科維奇認為，馬克思的理論存在的理由“首先是他的理論所想像的歷史可能性仍然是有爭議的，其次是在他批判的人本學所假設的可能性中，人道主義的價值標準和實際選擇最符合當代人類的要求。”賓雁同意馬爾科維奇的結論。賓雁幾次對我說這篇文章很重要，一定要把它譯出來。我怕自己譯不好，辜負了賓雁的信任，特意請了我的好朋友、英文修養極好的文貫中先生一起譯。譯稿交給賓雁，他很滿意。

賓雁自己譯的文章都用哲學所的標準五百字稿紙謄清。他給我看過他親手謄清的稿子，稿面乾乾淨淨，硬朗而不失秀麗的小字，鋪展在綠格綫內，幾乎沒有修改的痕迹。賓雁在這本文集中用了兩個筆名，一個是劉子安，這是他早年曾經用過的名字，另一個是金大白。一次他頗有些得意地讓我猜這個筆名的含義，還沒容我猜，他就告訴我說這個名字的意思是“今日真相大白”。我反問他今日何事真相大白？中共中央檔案館沒開放，多少謊言藏在那裏？這些檔案一日不公開，就沒有真相大白的時候。賓雁爭辯道：“終有一天會真相大白。”我說那你應該改個筆名，叫“鐘大白”。賓雁大笑。

現在回想起來，七八年真是一個有意義的年頭。黑夜似乎已盡，陰霾依然慘布，晨曦已然微露，拂曉依舊苦寒。賓雁一方面專注於捕捉各種解凍的蛛絲馬迹，一方面又為前途未卜而憂心忡忡。七八年初春的一天，我們約好在院裏洗完澡一起回家，但那天浴室出了故障，沒有熱水，我提議一起去街上澡堂泡澡。於是我們徑直奔東四十條口的松竹園浴池。浴池中人很少，偌大的熱水池中只有兩三個人。熱霧瀰漫中，人與人之間彷彿隔着一層面紗。人泡在熱水裏全身鬆弛，像喝了酒，說話的欲望特強。我忍不住向賓雁透露，我當時正為一位新相識的姑娘神魂顛倒。男人之間的這種私密性談話難免返諸自身。聊到深處，賓雁就動情地談起了他和朱洪的戀愛史。他和朱洪相識相戀於俄羅斯，那時他是中國青年代表團的俄文翻譯，朱洪是《中國少年報》的籌辦人。賓雁說一見到朱洪，就覺得她有屠格涅夫筆下女性的那種氣質，溫柔中含着堅韌。他動情地談起朱洪和他在一起所遭受的種種磨難。這種磨難常人難以想像，更不要說在這種磨難中堅持着的日常生活。接着他就向我“坦白”了他的“軟弱”。

文革開始後，他被隔離審查，每天都在中國少年報的紅樓裏打掃衛生。一天他在打掃四樓的平台，那天天空藍得神奇。幾個月來的批判凌辱讓他疲憊厭倦之極，他走到平台邊上，心裏突然有股衝動，心想只要跨前一步，就可以不再看周圍群魔亂舞，不再聽耳邊狂徒喧叫，徹底解脫這無止無休的折磨。在日常無休止的折磨中，這種解脫格外誘人。從四樓平台向東望，是賓雁的家，他站在平台上努力遠眺，眼前似乎出現了朱洪的身影，她正在曬台上晾衣服，手中拿着小雁的一件小花衣服。為了把衣服晾得平展，雙臂正上下甩動，那姿態平靜又優雅。這個幻覺那樣真切地出現，賓雁一下子淚水湧出，突然有了抗拒軟弱和誘惑的力量，從此他再未有過輕生的念頭。賓雁給我講述這一幕時，聲音安詳平靜，但能感到平靜之下的情感巨濤。這是一種怎樣的對比啊，一面如維米爾筆下的人物，在代爾夫安詳平和的家園中棲居，一面如多雷為《神曲》所繪的插圖，眾生在煉獄中煎熬。這兩個畫面疊加在現實中國的土地上，慘烈而荒謬。可我們中國人就在這慘烈與荒謬中生生死死。

七八年初秋，中共中央發了個有關五七年反右的文件。一天父親下班回家，把我叫到他的房間裏，指着桌上的一份紅頭文件說："這是和老劉有關的文件，你拿去給他看看。"父親對賓雁十分敬重。他說五七年反右他是不贊成的，他當時負責的部門一個右派都沒有打。在共產黨內，父親是罕見的能寬容異己的人。他自己有所謂黨性約束的一面，但對我的反叛思想、"異端邪說"卻能持寬容的態度，允許我在他面前批判共產主義意識形態，允許我抨擊中共禍國殃民的種種作為。雖然和我激烈爭論，但不壓制，不禁止。父親知道我和賓雁的交往後，囑我找個時間請老劉到家裏吃飯。賓雁來了，和父親相談甚洽。送他出門時，賓雁說"共產黨裏有好人"。這其實是他始終不變的看法。

我拿起這份紅頭文件蹬車直奔賓雁家，想着能給他一個驚喜，因為文件裹有對定錯了的右派給予甄別之類的內容。想到賓雁也許會因此脱離苦海，我心裏有點激動。初秋時分，天清氣爽，出門正值華燈初上。我興沖沖趕到三里屯，敲開賓雁家的門，說，我帶來了有關右派平反的文件。賓雁大喜，但讀完卻若有所失地說："照這個文件，我是沒希望的。"邊說邊把文件遞給朱洪，吩咐"把有意思的地方記下來"。朱洪拿文件進了另一間屋子，賓雁就把他當年被打成右派的經過詳詳細細講了一遍，說全國五六十萬右派，只要剩下幾個不平反，他也會在其中。我忙安慰他，說事情不至於壞到如此，但也有些沮喪。告辭回家，來時的興致一掃而光。而後賓雁終獲平反，這實在有賴"共產黨裏的好人"胡耀邦。知道賓雁平反後，我去他家祝賀，朱洪一開門就告訴我，今天許多人祝賀，賓雁喝多了。見賓雁坐在扶手椅上，看我來強撐着要站起來，神志還大致清醒，說今天高興，你敬一杯，他敬一杯，喝得有點多。我見他不勝酒力的樣子，連忙告辭回家。騎車在路上，想着賓雁這個人受的半輩子苦，而今天終有一樂，不知為何竟悲從中來。賓雁後來的遭際彷彿證明了我那晚上心中的悲傷是一種出自本能的預感。右派平反在賓雁竟是新一輪苦難的開始。

臨近七八年底，各種社會思潮湧動起來，西單民主牆漸成氣候，賓雁對此極為關注。自十一月中旬開始，隔三差五，賓雁一定拉我去民主牆看看。他在人群中擠來擠去，手不停地抄錄，魁偉的身材在人群擁擠中格外顯眼。見他那種全身心的投入，你不能不心生感動。賓雁又“舊習不改”地樂觀起來。十一月下旬的一天，他給我打電話，說聽到一個外國記者傳來消息，他見到了鄧小平，鄧說“民主牆好”。電話中就能覺出他抑制不住的興奮。他約我第二天一起去民主牆，說很可能這兩天就有重要消息。當時鄧正在借社會上的民主力量對付華國鋒、汪東興，而鄧本人似乎成了民主轉型的希望。賓雁對魏京生提出的第五個現代化評價很高，但對魏直接針對鄧的言論有些擔心。第二天中午，我如約找到賓雁，一起去了民主牆。那天有貴州來的詩人在朗誦詩歌，詞句鏗鏘。民主牆前人頭攢動，一霎眼的功夫賓雁就不見了踪影。待我找到他，他已經在本上記了不少東西，問他找到些什麼寶貝，說都是伸冤、上訪的材料。這就是賓雁的性格，不能看到別人的苦難卻無動於衷。

我們離開民主牆時已近黃昏。入冬的北京，天黑得早，五點左右，已是夕陽西下。沿長安街東行，騎到天安門廣場時，賓雁突然興奮地高聲說：“越勝，我看這個民族是有希望的。”我頗吃驚，因為賓雁難得有高聲說話的時候，碰到再高興的事，他也極少會提高聲調，永遠是那種深厚的、帶有胸腔共鳴的聲音。而今天，他竟興奮不能自已。夕陽下看他的臉，染上一層紅暈，愈發神采飛揚。天啊，中國竟有這等把民族的命運如此牽掛在心的人，見到民族精神稍有蘇醒，他便像個孩子得着了渴望已久的東西，有一種發自內心的滿足。不，遠不止於此，他不僅僅是滿足， 更有一種期盼，一種嚮往，一種祈求，一種衝動，拿自己的熱血去澆灌初萌的嫩芽。我心悸動，賓雁啊，難道你忘記那架嗜血的機器仍踞伏在旁？難道三十年的苦難竟沒有在你心上留下絲毫陰影？難道冷漠易變又健忘的大眾真會聽懂你的心聲？難道上蒼竟會眷顧這苦難的中華民族，用它的慈悲之手為歌吟者加上桂冠？望着眼前這位身披晚霞，已不算年輕，卻比孩童更純真的人，我心生敬畏。

七八年在等待、期盼和思索中過去了。賓雁選編的《南斯拉夫哲學論文集》也大致完成。七九年一月，他的右派問題解決之後，開始幫《中國青年報》做些事情，這是他準備重歸本行的前奏。七九年二月下旬，賓雁在所裏找我，把我叫到《哲學譯叢》編輯部辦公室，給我看他寫的一份內參，事關一個叫曹天予的人。這份內參顯然是賓雁動了感情寫的，詳細講述了曹天予遭受的種種苦難，強調了他的才華和取得的成就，最後呼籲青年報來關注這個人的命運。我問這人是誰，他又給了我一份報紙，上面有個長篇報道，題目似乎叫《帶着鐐銬攀登的人》，是寫一個女青年克服種種困難，自學成才的事迹。主人公叫曹南薇。賓雁説曹天予就是曹南薇的哥哥，妹妹的許多成就和這個哥哥是分不開的。那是個陰冷的日子，窗外一片灰暗，賓雁一邊語氣激動地給我講天予的事情，一邊在屋子裏來回踱步，似乎這個青年若不是他的至親，至少也和他有極深的關係。其實他們素不相識。我與賓雁有了這一年多的交往，漸漸明白他這人是時刻準備着要把別人的痛苦扛在自己肩上。眼見別人有難，若不能一援其手，他會寢食難安。天生斯人，福耶？禍耶？ 話入正題，他問我有什麼辦法能幫幫天予。那時天予還帶着反動學生的帽子在上海街道受人監管，而他可能的出路是來北京考研究生。但這條路上障礙重重，賓雁也束手無策。大概賓雁知道我有些社會關係可以一用。我當時的女友在科學界很有些能說上話的熟人，賓雁認為她也是個願意幫人的熱心人，或許能為天予想想辦法。果然，賓雁的這些設想在改變天予命運的過程中都起了作用。但那是另一個漫長的故事了。

七九年，我準備報考現代西方哲學專業的研究生。賓雁也經常不在所裏，他的記者老本行開始召喚他。我們在一起談天說地的時間不多了。研究生考試結束後，我回編輯部，看到辦公桌上放着一隻牛皮紙袋，上面是賓雁的筆迹。打開是兩本書，一本是淡藍色封面的《南斯拉夫哲學論文集》，凝聚了賓雁的理論思考。一本是《重放的鮮花》，收錄了賓雁等人為之獲罪的幾篇報告文學，書的封面上部是一片漆黑的底子，下部有一塊留白。在這黑白之間，一支殷紅的玫瑰奮然出土，枝幹扭曲，慘然地微笑着，又像一塊血痕，記載着民族的苦難與恥辱。賓雁在扉頁上有長篇題贈，我只記得一句話：“越勝，送給你，讓我們永遠記住那個黑暗的年代。”

二、再入煉獄

最勇敢者往往是最不幸者，

成仁比成功更值得羨慕。

——蒙田

一九七九年九月號《人民文學》刊登了賓雁的長篇報告文學《人妖之間》。這篇報導在中國當代文學史、新聞史上的崇高地位早有定論。從此，賓雁再一次義無反顧地投身於重樹漢語言說地位的鬥爭。中共建黨之後，造就了一種新的漢語使用方式，在中共意識形態框架內，漢語已不是一種言說，而是一種暴力。它的攻擊性不僅存在於外部的政治鬥爭，而且直指人的內部世界，侵入人的心智、情感、靈魂。它像惡性繁殖的癌細胞，侵蝕着詩經、楚辭、先秦文、漢賦、唐詩、宋詞、元曲、明小說所奠定的漢語言說的傳承。它利用"五四"以來新文化運動的成果，摻入斯大林主義的意識形態，建構出一套用於操縱、控制人的活動，麻痺、遮蔽人的心靈的語彙。隨着中共憑藉語言暴力完成了對社會生活的全面掌控，中華民族卻因失語而無家可歸。

怎樣才能獲得重新言說的權利？在賓雁看來就是讓語言重新面對苦難，重新面對中國人的真實生存。賓雁談到他對天予的採訪時說："我重新獲得政治權利後採訪的第一個人竟是這樣一個受難比我更深更久的人，帶有一點象徵意義：今後我注定將是這一類人的代言人。”這是一種出自本能的使命感。因為在語言暴力之下，作一個揭示苦難的言說者，意味着將踏上一條布滿荊棘的道路。七九年暑期後，我去社科院研究生院讀書，賓雁開始奔波在白山黑水之間。我在日記中曾記過這樣一筆：“賓雁來電話，說明日赴瀋陽，眼前似見他顛沛於途，身後落葉繽紛。”這次通話，我們談了很久。離開哲學所，他有些遺憾，反復說他對理論問題很有興趣，有許多問題想研究，還有那麼多的書要讀，叮囑我要定期把《哲學動態》寄給他，因為他想瞭解理論界的動態。最後互道珍重，我半開玩笑地說：別人當記者不過是個職業，你當記者卻要上刀山入火海。賓雁沉默片刻，說“我這是自找”。

八〇年底，現代西方外國哲學學會在西安召開年會，我作為會務人員赴會。正是在這次會議上，社科院哲學所和北大外哲所的兩撥青年學人相逢了。蘇國勛是高我一級的學長，我叫他蘇大哥。友漁是我同門師哥，做事像他的專業“分析哲學”，一板一眼。北淩是哲學所科研處的領導，雖不是學問中人，但心性相投，也和我們混在一起。嘉映和正琳是北大外哲所的人，兩人風格迥異。嘉映的辯論風格是雌伏的，從厚厚的眼鏡後面緊盯着你，突然發問，窮追不捨；而正琳則是雄揚的，分析問題天馬行空，角度獨到，令人拍案。我是見才心喜，更何況八十年代初，正是“嚶其鳴矣，求其友聲”的時代，碰到心靈相通，學養相儔的友朋，真是喜不自禁。白天大會上聽人說些不着邊際的廢話，會後在宿舍裏竟夜長談。文章砥礪，機鋒相搏，思辯互見，妙語迭出，每有精思迸濺，恨不能呼人喚酒，浮一大白。後來據嘉映回憶，和正琳兩人十天睡覺時間總共不到二十小時。會議結束後，我們一同乘車返回北京，又是一路的長談。除了哲學之外，話題更廣涉歷史、文學、政治各個人文學科。入夜，旅客們熟睡，唯有我們這個臥鋪車廂中輕聲細語不斷。車廂外，曠野中孤燈搖曳，昏暗的車廂內蘇大哥、嘉映、正琳手中幾點黃亮的烟頭，那明暗極像荷蘭畫派常用的色調，映在我心中，二十多年不褪。

分手後，接到嘉映的信，說這幾個人不是輕易就有的，散了可惜，應當有個聚會的機會。於是商定，每月初在嘉映的黑山滬住處開一次討論會。選定主題，推人做中心發言，圍繞主題展開討論。這就開始了持續幾年的黑山滬聚會。最早，參加者有嘉映、嘉曜、正琳、胡平、友漁，蘇大哥和我，阿堅也常到會，後來甘陽、慶節、國平也來參加。由於每次討論的主題結合主講者自己的研究專題，而且討論相當深入，嘉映覺得這樣說過就丟了太可惜，我就提議每次主講人都把主題發言整理成文，由我在《國內哲學動態》上發表。於是就有了嘉映的論海德格爾，正琳的談新黑格爾主義，友漁談分析哲學，和我對馬爾庫塞的討論……。

賓雁是個愛朋友的人，也很願意結交新人。在他繁忙的記者工作之餘，偶有閑暇和我“通個消息”，我自然滿懷歡喜地向他介紹了新結識的朋友。賓雁很有興趣地聽我的介紹，說什麼時候能安排個時間大家見一見。但由於他超乎想像的忙，這一面要等到幾年之後了。我對他說沒時間見面也沒關係，在我寄給他的《國內哲學動態》上能看到我們討論的成果。當時我也不過是告訴賓雁這個信息，想他忙，和各地的貪官污吏正鬥得緊，不會有時間關注這些太抽象枯燥的東西。誰知，他竟打電話給我，說讀了嘉映的談海德格爾的文章，對裏面談的內容挺有興趣。電話中我們還對"此在"、"語言是存在的家"等等提法討論了一番。我說嘉映文章寫得很精到，他說會再仔細看看。以他那時的工作節奏，真不知他哪兒來的時間，關注這些抽象的問題。

更有意思的是，他不僅關注這些抽象的問題，還關心當年採訪對象的具體問題。因賓雁的努力，天予到了北京，後來和林春相識相愛。這本是個人私事，偏偏關心林春這個"好孩子"的叔叔阿姨太多，反對他們戀愛的人不在少數。結果有些好心人找到賓雁，想讓他出面干涉。大概他那裏聽到的消息都對天予不利，好像天予和林春談戀愛有點大逆不道。因為天予到北京後曾經住在我家，賓雁就打電話找我，口氣很急，聽我講完事情的原委，他鬆了口氣，說"如果人家是自由戀愛，外人還是不要管。都是大人了，而且天予受過那麼多苦。"當時我覺得有點奇怪，天予林春談戀愛這件事，和天予受過多少苦本沒有什麼關係。可在賓雁那裏，凡是受過苦難的人似乎都有了特權。只有一個例外，就是他自己。

八十年代，是賓雁記者生涯中最富戲劇性的年代。他踏遍中華大地，見證與言説着無權者的苦難。他自己的命運也是跌宕起伏，無時不在風口浪尖上。他幾乎以一人之力，面對强權，擔起為無權者言説苦難的使命。像卡斯特里奧面對加爾文，索爾仁尼琴面對蘇聯共產黨。前者被卡斯特里奧自嘲為"蒼蠅撼大象"，後者被索爾仁尼琴稱作"牛犢頂橡樹"。賓雁也自承了"笨人劉老大"的名號。確實，賓雁是樸拙的。他厚重、深廣，像他家鄉的土地。土地從不會取巧迎合，屈膝諂媚，有時它會被濁流淹沒，但當濁流退去，依然剩它倔强地承載包涵，生發養育。我們深知黨文化總帶着蠻橫、偽善、虛飾的特徵，它和賓雁這種土地般的性格水火不容。黨文化要在那些化膿的創口上蒙上繪了玫瑰的紗布，而賓雁卻要撕下這紗布，擠出膿血，剜去腐肉。結果他總躲不開那些政治文化暴行。正如茨威格談到卡斯特里奧對抗加爾文時所説："我們多次看到這樣一個人，他除了道德上的正直之外，什麼權力也沒有，卻同一個嚴密的組織孤軍作戰，那是幾乎沒有成功希望的。一種教條一旦控制了國家機關，國家就會成為鎮壓的工具，並迅速建立恐怖統治。任何言論，只要是向無限權力挑戰，都必須予以鎮壓，還要扼住那持異議的言者和作者的脖子。"(《異端的權力》)

好久沒有賓雁的消息了。八二年的春節到了，我心裏惦記，想去看看他。於是電話都沒打，就直奔他家。賓雁住三樓，我剛上樓，就見樓梯上站着幾個人，個個風塵僕僕。心裏奇怪，大過年的，他們站在這兒幹什麼？敲敲門，是朱洪開門，她身後門廳裏還站着兩個人。我以為是家裏的客人，她説都是找賓雁有事的，並告訴我賓雁生病了，發着燒。我側身繞過門廳中的兩個人，進了他那間客廳兼書房的大屋。見賓雁斜倚在沙發上，身上披了件大衣，手裏拿着筆記本，正在記錄，對面小沙發上有一位婦女給他講着什麼。我才明白他的家已經成了上訪接待站。大概是因為生病，賓雁臉色蒼白，很疲倦的樣子。朝我輕輕點點頭，繼續全神貫注聽那位婦女含着淚訴冤情。我站在那裏倒顯得礙事，便拜個年就告辭了。朱洪送我到門口，我們相視一笑，她也是一臉無奈。去賓雁家連口水都沒喝就走人，這是唯一的一次。後來知道，這樣的日子在賓雁家是司空見慣。

賓雁喜歡好電影，他收藏了許多國外名片，我有時會在他那裏借電影錄像帶看。賓雁從三里屯搬到金台路人民日報宿舍後，房子略大了一些，客廳裏能放下一組櫃子，其中一個櫃子裏放滿了錄像帶。他向我推薦過幾部好電影，其中有《獵鹿人》和《夜間看門人》。有一天我去取錄像帶，那時他剛從西德訪問回來不久。訪德期間，他給自己出了個題目，看德國人如何反思和清算納粹罪行。他當時希望這篇文章能使讀者聯想到中國，聯想到中共建政以來給中國帶來的種種災難，然後問一聲，你們反省了嗎？他給文章起的題目是《他們不肯忘記》，下面的潛台詞就是：我們忘記了嗎？賓雁很興奮地給我講他在德國訪問期間的感受，特別提到德國社會民主黨總理勃蘭特在猶太人墓前下跪的一幕。他認為德國社會民主黨實行的民主社會主義路綫給德國帶來很大變化。它推動了德國社會向自由民主方向發展，並且注重社會公平正義，保護工人利益。他說，看了德國的社會主義，就知道蘇聯、中國的社會主義根本就是假的。他斷定馬克思所設想的社會主義在西歐社會黨執政的國家中已經實現了。

我們還談到，德國社會民主黨的社會主義綱領和伯恩施坦修正主義路綫的聯繫。其實賓雁從來都對"社會主義"這個概念格外敏感。他當年在哲學所編《南斯拉夫哲學論文集》就收入了好幾篇很有份量的論述社會主義的文章，其中弗蘭尼茨基的文章《社會主義和危機》同民主社會主義理論家們的論述多有相通之處。我知道在賓雁心目中，有一種理想社會模式。正像他自己寫到的："我為什麼沒有選擇國民黨而投靠了共產黨呢？……原因是馬克思主義思想對於青年人所具有的魅力。中國的苦難實在是太深重了，中國人對於改變自己的奴隸地位的願望實在是太強烈了，因而越是主張激烈、徹底變革的思想越是富於吸引力。"但眼見共產集團國家的社會主義進程，同馬克思給出的社會主義理想背道而馳，他開始困惑，希望找出癥結何在。

為此我們回顧了百多年的社會主義思想史。伯恩施坦對馬克思的修正當然是繞不過去的。他指出馬克思的無產階級專政和暴力革命的設想是錯誤的，認為社會進步應當通過民主改良的方式來實現。其實，他的某些觀點恩格斯在晚年也同意了。這就是民主社會主義者津津樂道的恩格斯的名言："資產階級的政府害怕工人政黨的合法活動，更甚於害怕它的不合法活動，害怕選舉成就更甚於害怕起義成就。"信奉民主社會主義的德國社會民主黨是伯恩施坦的繼承人，但是比他走得更遠，因為現代社會的經濟結構和政治結構已不同於那個時代。伯恩施坦在哲學上信奉馬堡學派的新康德主義，把人看作目的而不是手段。勃蘭特時代的社會民主黨理論家則吸收了卡爾·波普批判理性主義的思想。受波普"開放社會"的影響，他們提出"開放的民主社會主義"，並從馬克思的遺產中繼承了有關個人和人類自由的人道主義遺產，把它當做自己的理論基礎。勃蘭特宣布："自由精神是我們黨的原始基礎。"德國社會民主黨一九五九年哥德斯堡綱領中也指明："社會黨人主張這樣一個社會：每一個人都能自由地成長發展，都能以主人翁態度投身於人類政治、經濟、文化生活。"民主社會主義者認同民主政治，在社會經濟生活中強調公平原則，關注個人道德，開放地擇取人類精神文化成果，與不同觀點的思想流派對話，批判蘇式社會主義，顯示出它的生命力。

與此相反，列寧在同第二國際的鬥爭中，分離出另一條在不發達國家中建設社會主義的道路，即所謂的"科學社會主義"。這個名稱表明，它把組成社會生活的要素之一——活生生的個人，簡化為可以用自然科學方法處理的客體。他們相信，在社會生活中同在自然科學中一樣，有“放之四海而皆準的真理”，這個真理就掌握在最高領袖手中。社會生活中的個體可以簡化為具有互換性的標準件。因此他們可以數字化地處理人命，按比例地迫害大眾。選擇了這條道路的政黨必然信奉暴力革命、一黨專制、領袖獨裁、思想禁錮、輿論控制、黨內清洗、警察濫權，為達目的不擇手段，視萬民如芻狗。它實質上是反社會主義的，霍爾瓦特將之稱為“國家主義”。如果在資本主義制度下，工人可以通過組織工會、發動罷工來捍衛自己的權利，那麼在這種國家主義之下，工人則只能聽任統治者宰割。這種制度在斯大林手中登峰造極，傳至中國，貽害至今。

賓雁在他的自傳中說：“這是沒有民主與自由的社會主義，大權獨攬，不受監督的黨的領導，沒有人民參與，對人民不承擔責任的無產階級專政，和毛澤東式的‘馬列主義’。”賓雁將其稱為“四個不改”。他特別讚賞羅莎·盧森堡對列寧的批評：“列寧所主張的極端集中制，本質上不可能產生積極的創造性精神，而只能孕育打更人式的毫無獨創性的思想。”他把這句話抄在一張卡片上。在自傳中，賓雁還寫道：“他們是企圖消滅人們頭腦中的理性，同時又把個人的自我意識、表達和發展自我以及改變世界的欲望窒息在萌芽狀態中。要創造一種全無獨立的思維，又無發展自我欲望的，最易統治與駕馭的動物。”

我想他的心與羅莎・盧森堡是相通的。

賓雁贊同民主社會主義的基本原則，但他對蘇聯、中國的現存社會主義持嚴厲批評的態度。他認為，人們忽略了這種社會主義和希特勒、墨索里尼的社會主義的血緣關係。希特勒的國家社會主義、墨索里尼的法西斯社會主義、蘇聯的"發達社會主義"和中國的"有中國特色的社會主義"，它們的政治結構、統治方式，是一致的，可以統稱為極權社會主義。漢娜・阿倫特正是把希特勒的德國和斯大林的蘇聯當作分析極權社會的樣板。蘇聯的克格勃、希特勒的蓋世太保、墨索里尼的褐衫黨，都是用來製造社會恐怖的工具。當恐懼籠罩着社會，並滲入每個人的內心時，專制暴政便高歌猛進。賓雁感慨，德國人在總結歷史教訓時，往往會反省到全民族的軟弱，每個人都有悔罪感。他提到德國社會民主黨在納粹時期是受到殘酷迫害的，但勃蘭特卻不以此開脱自己的黨。他在納粹受害者墓前毅然下跪，代表的是整個德意志民族的懺悔和認罪。賓雁問我，在中共手下屈死的人命何止千萬，有誰曾向老百姓下跪悔罪？我説，他們不會下跪，只會讓冤魂下跪來感謝虐殺之恩。賓雁長嘆一聲，默然無語。

一九八六年，政治氣氛略有寬鬆。反對資產階級自由化因趙紫陽的干預無疾而終。甘陽從北大畢業分配到社科院現代外國哲學研究室，我們從朋友又變成了同事。那時甘陽已經着手籌劃《中國：文化與世界》叢書。這是一個雄心勃勃的計劃，他當時的設想是要把西方世界有重要意義的現代學術文化成果大規模迻譯到中國來。在我們看來，中國對現代西方學術文化的瞭解尚膚淺，許多問題的討論都是無根的游說。我很贊成這種學術建設的基礎工作，特別是想到能有一批志同道合的朋友一起做些掃蕩意識形態，重建真正的學術文化精神的工作，心裏很高興。甘陽聯繫了一批北大、社科院的青年學者，組成了《文化：中國與世界》叢書編輯委員會。後來他希望編委會的成員涵蓋面更寬一些，我就幫他聯絡了我的幾個老朋友，邀剛從美國回來的銀河和正在美國的天予、林春加盟編委會。銀河和天予同意了，林春卻因為某些考慮而婉拒，讓我有些遺憾。

當時三聯書店負責人沈昌文先生和董秀玉女士對編委會的工作幫助很大。沈先生開玩笑說自己是文化商人，但是他確實慧眼獨到，看到了由青年學者自組編委會編輯大型叢書的生命力。我記得編委會的代表甘陽、國勛、依依、王煒和我，曾在在三聯書店與沈先生董秀玉女士見面，談合作的事。沈公明確表示，叢書的大政方針完全由編委會自己決定，三聯書店只提供出版發行服務。在中國當時的出版體制下，沈先生的這種做法開了先河。八六年氣氛寬鬆，賓雁很高興，我們見面打電話的機會略多了一些，他一如既往地樂觀。我向他談起甘陽的設想和編委會的工作。他覺得一代新人已經開始成氣候了，特別是有了組織形式。我曾把甘陽計劃出的書單寄給他，他希望我給他幾本已經出了的書。我和甘陽商量，甘陽說“統統給，凡是出了的書都給老劉一份”。我記得大約寄了十幾種書給他。

八六年十一月下旬，父親二次突發腦溢血，搶救無效，安然去世。我給賓雁打電話想告訴他這個消息，正巧他不在北京。但當晚他就從外地來了電話，除了勸我節哀之外，特地囑我代他和朱洪給父親送一個花圈，以表達他的哀悼。追悼會那天，賓雁送的花圈擺在中間，“劉賓雁、朱洪敬輓”的署名清晰醒目。

送走父親以後，北京的政治空氣緊張起來。八七年元旦，北大等高校學生到天安門廣場試圖集會，被警察逮捕了若干人。當夜，北大學生冒雪從中關村走到天安門廣場，在那裏靜坐到天亮，迫使當局釋放了被捕的學生。一位北大的朋友當天到了我家，情緒激動地給我講了經過。一月八日，在中共高層工作的一位朋友打電話來，說中央書記處已經決定開除賓雁的黨籍。我聽後悲憤難抑。對我來說，賓雁在不在共產黨裏並不重要，而是這種公然的政治迫害令人憤怒。我急給賓雁打電話，家裏沒人。夜裏輾轉難眠，披衣起來，給賓雁寫了一封信，隨信還寄給他一部國平寫的《尼采——在世紀的轉折點上》，祈盼着查拉如斯特拉的精神能幫他在這大逼迫來臨之際挺住，不要受太大的傷害。多年來我從沒問過賓雁是否收到我的信和國平的書，他也從未向我提起。但在讀他的自傳時，發現他把這封信全文收錄在書中，並寫道：“我流淚了，謝謝你，我的朋友，你已經為我分擔了痛苦。當許多人和我在一起時，幸福便會把我的痛苦淹沒。”我突然明白，男人之間只交換思想和匕首，不交換同情和關愛。

一月下旬，電視和電台都播發了開除賓雁黨籍的消息。我知道他回北京了，決定去看他。嚴冬時分，街上行人稀落，上午十時左右，我趕到金台路人民日報宿舍。院門前異常安靜，惟在牆外停着兩輛 212 吉普車。我敲開門，只有賓雁一人在家。他很平靜，說昨天來了很多人。又問我，樓下有人嗎？我點點頭。他走到裏間，從臨街的窗口往外看了看，隨手把錄音機的音量開大。坐下就開始閑聊，他向我歷數昨天來家裏的人都是誰。我開始勸他，反正記者這個行當是幹不成了，不如乾脆回哲學所。他倒挺感興趣，問了問哲學所的情況，但說以現在這個身份，哲學所大概不敢再要他回去。又說反正今後有時間了，正好把這些年積攢下來的書讀一讀，寫寫那些考慮了很久的問題。我許諾說今後會送許多書給他。坐了大約不到一小時，竟然一句都沒提開除黨籍這回事。有幾次，談話突然中斷，兩人相視無語。我能感到他平靜外表下掩藏着的心底波瀾。他幾次催我走，我終於起身道別。出門正要下樓，賓雁突然從後面扳住我的肩膀，說“這一別不知何時能見”，我回頭，見他淚水湧出，順着面頰的皺紋淌下。這是我第一次，也是唯一一次見他落淚。

那時他已知道外省與他交過手的那些歹人極欲乘他遭難之際落井下石，要以誹謗罪送他上法庭，他心裏在作入獄的準備。不記得如何分的手，只記得一路上想着怎樣在法律界找幾個能幫上賓雁的人。第二天劉東在前門外珠市口豐澤園請客，大約有十幾個人聚會。我到飯店後情緒極壞，國平問出了什麼事，我説昨天去看了賓雁，稍講了些情況，攪得大家敗了興。飯沒吃完我就走了，事後才知國平心裏鬱悶，喝得大醉。阿堅送他回家，途中他醉倒街上，指着路人大叫“你們都醉了！”

春天到了，編委會的工作進展順利，出書已漸成規模。甘陽提議請賓雁來聚一聚。我去接賓雁、朱洪，在我家附近的德勝飯店吃了一頓飯。編委會的同仁來了十幾個人，蘇大哥，小楓，一休哥王焱，王煒等都到了。飯吃得非常高興，甘陽和賓雁談了很多，把他對編委會未來的設想講給賓雁。飯後，大家興致正高，就一起回到我家裏喝茶。拋開政治陰影，朋友相聚總是樂趣橫生。笑語聲中，約林唱起歌來，隨後大家請賓雁唱。他站起來用俄文唱起“在那遙遠的地方，那裏雲霧在飄蕩，晚風輕輕吹來，掀起一片麥浪”。聲音厚厚的，略帶點沙啞。眾人安靜地聽着，漸漸有人應和。歌聲飄出我的家，散落在黃昏的晚風中。

三、他鄉的日子

多麼寂靜，周圍多麼空曠
多麼微薄，暗淡的霞光
像大家一樣，你也會消失，我的朋友
為何心中又泛起波浪？　　　　——《夜》(別雷)

八九年底，我到了巴黎。經歷了八九學運和六四屠殺之後，離開中國，即使不是目的明確的逃離，心中也會有避秦的想法。九〇年二月份，我和賓雁聯繫上了。自他八八年出國，我們一年多未通消息。在這樣大的動蕩之後再通上話，雙方都有無限感慨。我知道六四屠殺之後，賓雁曾來過巴黎，他義無反顧地譴責中共暴行，成為公開的反對派，他在國外的訪問便成了無限期的流亡。不久，我接到了他從美國的來信，信中說“在出來的人中，你是我最掛念的一個”，還為我在國外的生存提了些建議。後來，在我申請研究基金時，賓雁的推薦信起到了關鍵作用。四月份的某一天，我突然接到一個電話，是位素不相識的女性，聲音親切悅耳，她告訴我，是賓雁讓她來找我的，問我有什麼困難需要幫助。她就是巴黎七大東亞語言系的譚雪梅女士，後來我一直叫她譚老師，我們因為賓雁的介紹成了十幾年的朋友。九〇年八月間，我又接到賓雁的電話，說他要去德國參加一個活動，會到巴黎來看我。於是，我們在巴黎相逢了。

賓雁住在聖日耳曼草地附近的麥迪遜旅館，旁邊的小街是狄德羅曾經住過的房子。旅館門前小廣場上是狄德羅手持書筆的青銅雕像，在法國梧桐掩映下，俯視着來來往往的路人。早晨，我去旅館找賓雁，他正坐在餐廳吃早餐。見我來，匆匆把一大杯牛奶喝完，就開始問我近來的情況。人到了國外首先關注的是如何生存，所以他問的大多是生活上的問題。談到國內的事情，他問了軍濤被捕的細節，我對此所知不多，無法給他更多的消息。但他還是問軍濤有無生命危險。我説因為國外的關注，大約不會有立刻的危險。賓雁卻擔心人在牢裏，萬一有人下黑手就麻煩了，説共產黨的監獄可不是好呆的地方。

聊着聊着，賓雁突然談起回國的問題，説共產黨今後的日子不好過了，因為殺人和社會結了血仇，很難永遠靠暴力壓制，幾年之內會有大變，他就可以回去了。讓我吃驚的是，他那麼相信人民的覺醒，相信六四屠殺之後中國社會變革必然發生。我本來對此不太樂觀，但他的情緒還是感染了我。他一再鼓勵我，説人既然已經出來了，就好好看看西方民主社會，有時間多讀讀書。我提到愛倫堡的《人 · 歲月 · 生活》，裏面記錄了許多俄國白銀時代的詩人流亡巴黎的往事。賓雁對愛倫堡的書很熟悉，他當時還提起幾個人的名字，記得有別雷、巴爾蒙特……。下午賓雁又來電話，約好去高行健家吃飯，高先生當時住在巴士底廣場附近。晚飯後，他展示了他畫的幾幅水墨畫，有一幅畫給我印象很深，畫面上部是濃重的墨塊，下部似乎是變形的人體，扭曲掙扎着，像“六四”之後中國文人的心情，很壓抑。

賓雁在巴黎呆了三天，我們每天都見面。一次我們坐在狄德羅雕像下的長椅上，談起流亡的中國知識分子有無可能留下些思想文化成果。對此賓雁相當悲觀。他認為我們所知道的流亡者大都是俄羅斯和東歐國家的知識分子，他們離開自己國家，但沒有離開自己的基督教文化。那些俄羅斯流亡者，從來就浸淫在歐洲文化之中。像赫爾岑，就是用法文和德文受的教育。十月革命後流亡的人中，既有白銀時代的文學家，又有別爾嘉耶夫那樣的哲學家。他們離開俄羅斯，但文化血緣沒斷，只不過換個角度看問題，思想上藝術上還可能有新發展。而中國知識分子則完全不同，首先語言不通，其次出國流亡之前基本上受共產黨教育，從思維方式到為人處事，都有很深的烙印。我問他假如別爾嘉耶夫不是在十月革命後流亡法國，他隨後的思想發展會認同蘇聯的意識形態嗎？賓雁想了一想說，別爾嘉耶夫對自由看得很重，即使他不離開蘇聯，也會和共產黨的意識形態發生衝突，這是早晚的事。

他還說到自己的反抗意識和自由思想的由來。那時候，哈爾濱文化氣氛中俄國味比中國味濃，賓雁自幼就讀俄國文學，後來傾向社會主義，其實是受俄國文學影響。從十九世紀到二十世紀初的俄國知識分子，很少有不信仰社會主義的。別爾嘉耶夫就是個社會主義者。聽賓雁講到這裏，我突然閃過一個念頭，要懂賓雁這個人，恐怕要回溯到拉吉舍夫、赫爾岑、別林斯基直到別爾嘉耶夫這批思想家。這個想法在後來幾年中愈來愈清晰。

我問他自己會寫什麼新東西，他說，現在離開中國了，下筆也難。要換個角度寫東西，還要再想想，等一等。他鼓勵我，說你本來就是書齋中人，在哪兒不是讀書思考？當然要先解決吃飯問題。我告訴他研究基金因他的推薦已經申請到了，生活暫時沒有問題。

賓雁臨走的那天，巴黎的天空特別藍，夏天慵懶的氣息瀰散在路旁一個個咖啡吧裏。我去旅館接賓雁，送他去巴黎東站上火車。這次他去德國開會，會議組織者給他買的是德國和美國之間的往返機票，他是特意自己買了火車票來巴黎看我的，還要回德國去趕飛機。這份情誼讓我深深感動。正像施韋澤說的“在精神上，我們大家似乎是依賴於在生命的重要時刻人們所給與的東西而活着。這個富有意義的時刻是不期而遇的，它不顯得了不起，而是非常樸實的。”上火車前，賓雁突然拿出一個信封給我，裏面有一些美元。他淡淡地說，“這些美元我到了德國就沒用了，留給你吧。”似乎我拿了這錢倒是幫了他的忙。我知道這不過是他照顧我自尊的一種笨拙的托辭，不願意讓我覺得受人恩惠而內疚。他在德國只住一夜就回美國，哪有美元沒有用了這回事。這就是賓雁，一條偉岸的漢子，卻心細如絲。我堅決推辭了，但我答應需要時會向他開口。他要我保證真有困難時一定告訴他，才悵悵地把信封收起。後來在遭逢家庭變故急需用錢時，我果然張口了，得到了賓雁和朱洪的幫助。

賓雁上車了，最後從車門向我招招手，就消失了。法國的列車不開車窗，我看不見他坐在哪裏，只呆站着，直到列車駛出我的視綫。不敢流淚的我也覺得喉頭哽咽。

九一年十一月下旬，我去美國開會。想到能同生活在美國的老朋友見面心裏挺高興。飛機先達紐約，嘉映接我回家。給賓雁打了電話，和他提起會議是在芝加哥開，我會住在甘陽那裏。賓雁便提到甘陽最近寫了一篇文章，叫《從民主運動到民主政治》，問我看了沒有。他說同意甘陽的觀點，中國人該放棄把什麼都搞成運動這種習慣了。電話中約好從芝加哥回來到他那裏去"好好談談"。在芝加哥見到甘陽，把賓雁的話告訴他，甘陽有點吃驚，說"老劉看東西還這麼仔細"。從芝加哥回到紐約，嘉映送我去普林斯頓。當時嘉曜、蘇煒、曉康等人都住得不遠，離賓雁家幾分鐘車程。那天約好，嘉映和我到了賓雁家，見他精神很好，活力四射。一會兒曉康也來了，說大家正好湊在一起好好談談。賓雁過來坐在沙發上，和我面對面，手裏又拿出一個小本子，要做記錄。我笑他是職業習慣，和人談話非記錄不可。他就隨手把本子放在茶几上再沒動它。但是那天人來人往挺亂，談話始終沒能集中深入。

晚上我住在賓雁家，睡在他的書房裏，那裏書報資料之多，真可謂"鋪天蓋地"。我睡的那張長沙發，頭頂着書，腳蹬着書。晚飯後，賓雁過來，手裏拿着一本淡黃色封面的書，要送給我。他一邊在扉頁上寫着題贈，一邊說這部書的前言是他寫的。我拿過書來看，是《哈維爾選集》。他說為了寫這個前言，把哈維爾的東西讀了兩遍，像《無權者的權力》，他竟然讀了三遍，覺得覓到了知音。賓雁寫道："哈維爾未必瞭解中國人接受精神奴役的過程，但他從觀察捷克斯洛伐克現實引出的結論，對於中國人也是適用的。幾十年的特殊統治造成了人的精神危機。那麼應該怎麼辦呢？不是靠外在的什麼權威，不是通過說教，而是喚起人們去自省，在反對邪惡的行動中自己解放自己。這就必須使人們看到：你對於自己的國家和你本人墮入今天的田地，也是有一份責任的！”他贊成哈維爾所說“在所有包圍着我們的危機中，最根源性的一種就是社會的道德危機。如果不首先解決道德危機，便沒有任何危機 (從經濟的、政治的到生態的) 可以得到解決。”賓雁在他生命的最後十幾年中，多次提到要想真正結束專制統治，個人內在的道德反省是不能缺少的一課，提出要警惕人心中的“小毛澤東”。他向爭取民主政治的人提出了個人道德要求，認為政治生活不能非道德化。我把它當作賓雁的政治遺言之一。

九九年四月，賓雁說要來歐洲訪問一段時間，六月底到七月中有十幾天的空閑，並說可以來巴黎，在我這裏多住幾天，好好聊聊。這幾年我們遠隔重洋，雖然經常通話，但在電話裏很難深入對一些問題交換意見。倘能面對面促膝交談，該是何等的快樂。七月初賓雁和朱洪到了巴黎。接他們到家，朱洪就有點感冒發燒，趕緊找出藥給她服下，讓她先去休息。賓雁卻興奮得很，在花園裏，房子裏走來走去，東瞧西看，仔細問我們的日常生活，話題像他這個人，樸實平常。晚飯後，我怕他路上累了，堅持讓他先休息，但他還是執意要看看我的“藏書”。在海外談何“藏書”，不過是各處搜集和請人從國內帶來的千把冊常讀的經典著作罷了。賓雁巡視一番，說還不錯，總還有些書讀。又得意地說他現在的書比我九一年去時多了不止兩三倍。他雖然搬了家，房子大了，但也常常發愁書沒地方放。又講了許多普林斯頓舊書店的好處，一本新書剛上市賣三十美元，一年之後在舊書店三美元就可淘到，讓我聽得好羨慕。他看到架子上有一本別爾加耶夫的《俄羅斯思想》，就抽下來隨手翻着，說我們在巴黎第一次見面就談到過這個人。那是八、九年前了，而且也不過是提到而已，他居然還記得。

這次賓雁來巴黎，我和雪有個心願，讓他好好放鬆一下。除了和一些好朋友見見面，基本上在家休息和外出遊覽。即使談話，我也盡量找些輕鬆的話題，但賓雁時不時仍會提出一些嚴肅的問題。他對法國社會黨政府的社會政策很有興趣，我們給他介紹了社會黨在勞工、企業、稅收、福利、醫療保險、教育、社會救濟等問題上的政策。賓雁對此很感慨，說法國是一個真正的社會主義國家。他還特意問起法國共產黨的情況。因為法共《人道報》曾是中共的重點批判對象。我們告訴他法共在政府中也有代表，現在的左派政府實際上是左翼聯合政府。賓雁說其實左派也有不同的層次，基本政治傾向一致，具體政策可以有分歧，爭論、鬥爭都可以。法共能加入政府，說明它是認同這一點的。我說，它在法國社會中的影響越來越小，得票率也在下降。賓雁說這表明有替代政治力量出現，對選民的吸引力更大。在民主制度下，各種社會利益集團可以通過選舉爭取對自己有利的政治安排，暴力革命當然不可能發生。看來恩格斯晚期思想的變化，是因為看到了當時社會的變化。那時候共產黨還不是既得利益集團，所以能够站在工人階級的立場調整自己的理論。看得出來這幾年他仍然關注着馬克思社會革命思想的流變。

知道賓雁是愛喝一口的人，這次為了他的到來，我準備了很好的法國紅葡萄酒，可惜他喝不慣。一天飯間，他終於忍不住問我："有白的沒有，來點怎麼樣"？又有點抱歉地說"多好的洋酒我也喝不出味道，還是老白乾兒有勁兒。"初夏是法國最美的季節，選個好天，我們陪賓雁和朱洪去盧瓦河遊覽，那裏古城堡密布，記載着法蘭西歷史文化發展的脈絡。賓雁興致勃勃聽雪給他介紹盧瓦河城堡的歷史和人物掌故。中午我們在香堡的森林中野餐，陽光透過濃葉灑下，四周靜寂，偶有飛鳥啁啾，伴着我們的笑談。賓雁那樣輕鬆、快樂。下午到雪儂堡，沿着寬闊的皇家大道漫步，高大的梧桐樹搭就天棚，濃蔭匝地。賓雁站在城堡旁邊的意大利花園裏，望着精美的城堡淩空飛架於舍爾河上，連說"太美了，太美了，美國人不可能有這樣的構思。"園中有棵百年老松，枝葉盤虬。盈盈爬到樹上，坐在一支橫斜的樹幹上，賓雁倚在樹幹旁。朱洪連忙抓拍了幾張相，說"一老一小和一棵大樹在一起，特有意思"。傍晚時分，趕到安布瓦茲堡，這是偉大的達芬奇埋骨之地。當年弗朗索瓦一世接達芬奇到法國來住，他隨身帶來了名畫"蒙娜麗莎"。這座城堡旁，是克洛綠舍莊園，達芬奇生命的最後幾年就在這裏生活、工作。莊園裏到處掛有達芬奇手記裏一些哲理性很強的名言。賓雁一句句讀過去，有些遺憾地說“可惜沒帶筆記本，能記下來就好了”。我們笑他的“職業病”又犯了。

兩天後，我們又驅車向諾曼底進發，想沿着印象派畫家的足迹遊覽諾曼底。到魯昂時已近中午。先去老市場，那是聖女貞德上火刑架的地方，一四三一年五月三十日，經過宗教裁判所的兩次審判，宣布將聖女貞德處以火刑。那些曾受恩於貞德的教士、法官都沉默不語，聽任神學院的博士們判決這個異端分子。法郎士寫道：“他們在神的女兒受難前夕拋棄了她。”燒死貞德的地方依舊留存着，有一塊標牌指明“中世紀的土地”，另有一塊標牌標示出火刑架的所在地。對面是貞德的雕像，潔白的形體略顯變形地修長，像莫吉爾揚尼的女人體，雙手緊握，放在胸前，略揚起頭，像呼喊，又像祈禱。賓雁仔細看了貞德受難之地，隨後進了火刑架旁的一座相當現代化的教堂。教堂深處立着一座聖女貞德的銅像。銅像前枝杈形的燭台上燃燒着支支白燭，遠望去，彷彿貞德仍在火刑架上受刑。我向賓雁介紹這座教堂的獨特建築風格，但他似乎沒聽見我說話，只是望着遠處的貞德像。我猜想這個受難者的形象會在他心中引起波瀾，便悄悄走開，留他一人在空曠的教堂裏沉思。

本以為有充裕的時間在返回巴黎時參觀莫奈花園，誰知在飯店吃飯耽誤了時間，等我們參觀完莫奈經常摹畫的盧昂大教堂，時間已晚。我們趕到莫奈故居時，已經止票。我有些惱火，怨自己沒掌握好時間。賓雁朱洪卻安慰我，説看看外面也不錯。走到莫奈畫睡蓮的池塘牆外，看到有塊半米多高的石頭，賓雁居然一步跨上去，站在石頭上向花園裏張望，連聲招呼朱洪，説“快上來，什麼都看得見。”結果我們在旁邊扶着這老倆口，站在石頭上“參觀”了莫奈花園。返家的路上，問賓雁還有一座加亞城堡廢墟，要不要去登，賓雁遊興未盡，連聲説“去，去”。這城堡是獅心王理查統治諾曼底時所建，現在僅剩嶙峋的殘迹雄踞峭壁，俯瞰塞納河水悠悠西去。賓雁一口氣登上城堡廢墟，叉着腰站立在巉岩之上，夕陽潑灑在身上，天風流蕩在發間，遠望像座雕塑，讓你不敢相信眼前是位七十五歲的老人。

離別的時候到了，七月十三日，賓雁伉儷要回瑞典。早飯後，賓雁提議去散步，參觀一下我居住的這個千年小城。我家對面是莫羅將軍的故居。這位萊茵軍團的統帥，呂內維爾條約的簽訂者，因不見容於拿破侖而流亡北美。在拿破侖稱帝後，他以一個共和主義者的身份參加俄奧聯軍與自己的祖國作戰，死於沙皇亞歷山大軍中。賓雁聽我講着莫羅的故事，沿着城堡圍牆緩步而行。走到依薇河旁，他提議要嘿嘍兒着盈盈走。大概只有北京人懂得這話的意思，就是讓孩子騎在大人脖子上。盈盈已經四歲了，總有二十多斤重，賓雁竟一直嘿嘍兒着她從依薇河邊走到118 號公路橋下，足足有兩百多米。汗水滲出額頭，我再三叫他停下來，他一直不肯。朱洪搶拍了幾張照片，那該是多麼珍貴的記憶。下午送賓雁走，竟沒有分別的傷感，看他那樣充滿活力，當然相信很快就能再見。兩天以後接到朱洪電話得知，她拿着相機下樓去沖洗膠片，被人一把搶走相機。她說不可惜相機，可惜那些膠片，多少珍貴的影像竟永遠消失。但我想，這不正是為了讓我們把這些記憶深刻心中嗎？

賓雁回美國後，我們依然常通話。他寫《迷霧重重的中共八十年》，直指中共是否定個人自由，敵視人道主義，視人命如草芥的農民起義軍。裏面的種種提法我大致是同意的。國內"新左"蜂起時，我們也交換過意見。我知道他對"新左"們的一些提法保持相當的距離。他在七八、七九年就把南斯拉夫實踐派稱為"新左派"，在他心目中，站在自由主義立場反抗蘇式社會主義的反對派才是"新左派"。對那些在警察國家中批判後極權、後現代的"先知"們，他興趣不大。不過，他的確花了些時間去讀吉登斯的著作，認為他的許多提法新穎有趣，但也有些失望，因為沒有找到他想要的東西。我建議他去和林春討論吉登斯的思想，但後來他生了病，我想他沒有精力了。

我們之間最後一次較長時間的談話是去年二三月間，那已經是人們為他舉辦八十華誕慶祝會之後了。他的癌症已經擴散。那天他很平靜地告訴我，將開始新一輪的化療。隨後，他突然問我對王蒙的文學現代化路子有何看法。我說凡是對消解共產黨語言專制有益的文學形式，我一概認為有意義。賓雁沉默片刻說，我覺得文學如果不面對社會現實，就好像開車碰見了出車禍的人，你不下車救，開車從邊上過去了。我做不到。然後自嘲地說，我這是老掉牙的提法了。後來他又提起舊話，說許多人批評王蒙油滑，但他們忘了“六四”前慰問戒嚴部隊，各部委頭頭都去了，王蒙當時是文化部長，但他住進醫院，沒去。“六四”開槍以後，王蒙辭了職。賓雁說，在那個時候，沒有人敢辭職，共產黨的部長也沒有辭職的傳統，王蒙是個有底綫的人。後來有消息說王蒙講過攻擊賓雁的話，不知賓雁那天問我是不是和這個傳聞有關。若真有關，那就更見賓雁的胸懷。

賓雁的病情一天天加重了，我恨不能天天打電話瞭解病情，或說些給他寬心的話。但我不敢，只能每天祈盼着癌症的發展能够有所控制。雪幾次催我去美國看看賓雁，但我知道這只會給他增加負擔。下定決心打一次電話，也就是問問他的病情，甚至都不想讓賓雁來接電話。但賓雁差不多每次都要拿過話筒來說幾句。因怕他累，我總匆匆掛斷電話，但聽不見他的聲音又悵然若失。去年十二月深夜，譚老師突然來電話，說賓雁已去，我如受雷擊，明知這一天會來，但不願聽到這消息。連忙給朱洪打電話，巧在朱洪正好從醫院回家拿衣物。她那樣克制着自己，說“賓雁情況很不好，真的很不好”。接着留下醫院的電話，讓我過一小時以後再往醫院打。原先只是報了病危，我又自欺地燃起一綫希望。然而，數小時後， 賓雁真的永遠永遠地去了。他對人說的最後的話中有一句是：“將來我們回憶起這些，多麼有意思！”

四、看呵，這人

受苦可以成就更深厚的愛
和更寬廣的恩慈。

——聖・特里莎

看賓雁的臉，一張在古希臘貝爾加摩神殿殘壁上能尋到踪迹的臉。高聳的額頭，開闊的天庭，挺拔的鼻梁。眼睛時常眯着，卻掩不住柔和與澄澈的光。和人談話時總是直視對方，目光絕不游移，坦誠真實，讓人信任。修長的眼綫一直蕩向額角，和額角的魚尾紋交織在一起。厚實的嘴唇總抿着，唇角微微下沉，透出執拗的性格。聽別人述說苦難時，眉峰緊張地蹙起。高興時開懷大笑，眼睛眯起來，神情鬆弛。聽人講話入神時，頭微微後仰，下頷抬起，一種祈禱的神態。平時，臉上的表情柔和安詳。沉思時，深深的皺紋透出剛毅，有種嶙峋之美。卡萊爾在描述喬托所繪但丁的肖像時這樣寫道："這是反映現實的繪畫中最令人悲憤的面容，既是完全悲劇性的，又是激動人心的面容。其中有孩童般的溫順、柔和和文雅之情為基礎。但是所有這些感情，彷彿又被凝聚成尖鋭的矛盾，變為克制、孤獨、驕傲而絕望的痛苦，好像透過用粗大冰柱築成的監獄，一個溫和輕柔的靈魂向外窺望，使人感到他是如此堅定、倔强和堅韌不拔！"讀到這段話，眼前會浮現出賓雁的面容。

一次，賓雁給我看一份《人民日報》內參，內容是陝西一些共產黨村幹部隨意吊打村民的調查。記不清這份調查是不是他寫的，只記得他聲音低沉，反復說“吊起來打，什麼傢伙都用上，吊起來往死裏打，無緣無故就吊起來打。”抬頭看他，臉上表情是那樣悲憤，似乎打在自己身上。我於是明白，別人的苦難在賓雁那裏都要化成自己的體驗，才能真切，才能喚起他盡一己之力去拯救苦難的決心。

在賓雁身上蘊積着深厚的悲憫。在我看來，悲憫和憐憫有着本質上的區別。憐憫的屬性是外在的，它帶有某種居高臨下、施捨的味道。一個富人會憐憫窮人，因為他會偶動惻隱之心。但這不是悲憫。悲憫的屬性完全是內在的。它是那種置身其中，感同身受，來自內心衝動的奉獻。它不來自惻隱，而來自仁慈。因此才能够在大苦難大逼迫中保持它的完整性和一貫性。這就是阿奎那所說的：“邪惡不能徹底摧毀仁慈的包容力和正當性。”

在悲憫的深處，我們能够發見，它與施韋澤“敬畏生命”的思想相通。因此它超越了惻隱、同情、憐憫的局限而跨入更廣闊的愛的空間。在施韋澤那裏：“關鍵在於，人如何對待世界和他接觸的所有生命。只有人認為植物、動物和人的生命都是神聖的，只有人幫助處於危急中的生命，他才可能是道德的。”自古至今，一切偉大的心靈都是相通的。普魯塔克在批評馬可．伽圖的矯飾的正義時指出：“我們知道，慈善比正義的範圍更廣。法律與正義，我們只能施之於人類，但慈善和仁愛則是從人們和善的心田湧流而出，就像由豐富的泉源中溢出的泉水一樣，其恩澤甚至施加到不會説話的畜牲。”這使我想起賓雁在幹校勞改時，為了制止孩子們虐待一隻貓而慘遭批鬥的情景。在賓雁身上，本能地充滿對生命的敬畏，他尊重每一個有生命的個體，關注他們的快樂、憂傷、幸福、苦痛，不讓任何虛偽的藉口、空洞的名義扼殺、剝奪個人的權利。我們太熟悉“以革命的名義”犯下的樁樁罪惡。賓雁的心在提醒我們，永遠不要以國家、發展、進步的名義變邪惡為神聖。要警醒着，以敬畏生命來對抗一切毀滅性的力量：專制的國家、蠻橫的意識形態。

在賓雁那裏，一切匿名化都被粉碎了。在他筆下，沒有為黨為國為主義獻身的無名無姓者，而是王廣香、李日升、傅貴、郭建英、陳世忠……，一個個具體的人，一樁樁具體的苦難。他的關懷永遠着落在弱小無助者身上，對充斥中國大地的黨政軍國喧囂、關乎人類前途命運的宏大敍事，他似乎充耳不聞。甚至絞索已經收緊，他也不作英雄受難狀，只是坦然、堅韌地承受。甚而會去想“那些比我受難更深的人”。因此，對中國“知識精英”們萬花筒般變幻的各類説辭，他敬謝不敏；對警察國家中文人聊以自慰的思想手淫，他冷眼旁觀。卻總在內心質問着，什麼是更重要的，思潮還是思想，國家還是個人。面對強勢的加爾文，卡斯特里奧宣告：“把一個人活活燒死，不是保衛教條，而是殺死一個人！”林昭質問殘暴的警察“那不是血嗎？”賓雁控訴中共“隨意槍決許多優秀的中國青年人，瘋狂一詞已不能解釋他們的所作所為”。這些直面屠殺的控告簡單有力，“知識精英”的巧言無能遮蔽。在賓雁的法庭上，夾邊溝的白骨，長安街的血肉就是鐵證，沒有藉口，不可辯駁，因為哪一滴血不是鮮紅的?!

正是個人的具體的苦難讓賓雁轉向馬克思主義又質疑馬克思主義，追尋社會主義又反抗以社會主義之名所犯下的罪行。他明確指出：“社會主義的最初衝動發源於消除社會不公，人民的苦難，而現在社會仍然不公，人民依然受苦，怎麼能將社會主義所經歷所製造的一切往歷史的檔案中一塞了事。”也正為此，他才關注民主社會主義在世界上的發展，認同它對人的自由的追求。

有人說賓雁是一個馬克思主義者，其實這個標籤遠遠不能反映他的精神活動的複雜性，他的思考要深入得多，視野要廣闊得多，精神來源要豐富得多。他汲取馬克思理論中的人道主義遺產，但摒棄暴力革命、階級專政的專斷推論。他說：“馬克思主義哲學首先要關心的，應該是人的解放……，即使當思想分歧已經轉化為政治鬥爭，也不要忘記把一個人當作人來看待。”任何主義的標籤都不能準確反映和徹底涵蓋賓雁的思想追求，他如羅丹的“思想者”，魁偉的身軀山巖般穩坐，粗壯的手臂支撐着碩大的頭顱，臉上的沉靜有着某種苦惱的期待，期待着新的思想風暴的到來。

人們常說賓雁是“青天”。這或許是苦難者習慣的幻象。其實，沒有哪個稱謂比它離賓雁更遠了。“青天”常用的後綴是“大老爺”。“青天大老爺”是站在苦難者頭上和對面的。他們是有權勢者，是統治集團的一員。無論是包公還是海瑞，他們的作為是依靠統治集團的授權。他們不過是王道與霸道的選項，面對的同樣是沒有權利和尊嚴的草民。作“青天”的前提是和統治集團保持一致，當“自己人”。用時髦的話説，是“體制內”的。此時你有按資分贓的權利，甚至會得到作“青天”的資本，像包龍圖的御賜鍘刀。但是當你站在“草民”，站在無權勢者一邊時，情況就徹底變了，更不要説你是反出體制的叛逆。賓雁是站在“草民”和“無權者”一邊的，他的敵人是苦難製造者，也是“青天”製造者。賓雁的勞作就是要消滅製造青天的土壤，讓民族中的個體成為自由的有尊嚴的個體，從而讓民族成為自由的有尊嚴的民族。這是權勢集團不能容忍的。在埃斯庫羅斯的悲劇《被縛的普羅米修斯》中，“強權”質問同是神祇的赫淮斯托斯為何不趕快執行宙斯的命令，把普羅米修斯釘上懸崖：

為何拖拖拉拉，心生憐憫，
你難道不恨他。
眾神可恨他入骨，
因為他把你們的秘密泄露給凡人。

賓雁就是這樣一個“揭秘者”。他不斷言説着“真實的存在”，號召人們鼓起勇氣去“生活在真實之中”。賓雁不是青天，他是土地。

人們還常説賓雁是“民族的良心”，我卻對此有些困惑。如果組成民族的個體是背信、貪婪、懦弱、麻木、腐化、自私，那麼這個民族的良心在哪裏？如果一個民族中的個體，心裏充滿了奴隸的恐懼，它讓民族喪失創造力，喪失感受崇高事物的能力，那麼這個民族的良心是什麼？如果一個民族中的個體因暴君暫時放鬆了軛套而得了溫飽的生活，便急忙親吻暴君的手，那麼這個民族又如何去發現它的良心？良心不屬於“民族”這樣一個空洞的集體概念，它只屬於個體。良心的覺醒，良心的發現，良心的堅持，都要由個人承擔。我們太放縱自己的懦弱，把本應該反躬自問的責任都推給了賓雁，讓他一人去承擔對集體暴行、犯罪共謀的良心拷問。而我們卻躲在“民族良心”的濃蔭下心安理得地品嚐“人血饅頭”。讓我們把“民族良心”的重擔從賓雁身上卸下來吧，把它交到每一個人手裏，讓個體的良心擔起它的責任。正如別爾嘉耶夫説的：“只有當我們擺脱了內在奴役的時候，也即我們承擔起自己的責任，停止在各方面歸罪於外在力量的時候，我們才能擺脱外在奴役。知識分子新的靈魂就會誕生。”

賓雁是一個大智大勇的人，他的大智常以旁人視作“愚”的方式表現出來。如果他適時而退，如果他緘口不言，如果他不在意“真實的生活”，在現存體制內，以他的資歷和威望，不知能獲得多少令人垂涎的好處。賓雁説，確有相當要好的朋友苦口婆心勸他“收斂”一些，勸他“識時務”一點。甚至有人傳下高層人士的話，説賓雁“只要改正了他的缺點，一定會作出很大貢獻”。賓雁説，這話的意思是要我當“歌德派”，並且“必有重賞”。他説這話時，氣度高貴，凜然不可犯。他知道這是一條西西弗的道路。區別在於，在西西弗是神罰的苦役，而在賓雁是自選的獻身。正如加繆所言：“他必須拼命地做一件無所成就的事情。這就是對人世熱愛所必須付出的代價。”

令人感動的是，賓雁的選擇並不為了某種宏大敍事所需，而只為了“人們在受苦”，只是因為“我見過許多受苦受難的人”。這種選擇帶有某種悲劇英雄的味道。但對賓雁而言，甚至悲劇這個詞都有些戲劇化的誇張。説他是悲劇式的英雄只是外在的觀照，賓雁從來不覺得他是個不幸的人。相反，他認為自己是幸運的，甚至是幸福的。正像他寫的：“當很多人和我在一起時，幸福便會把我的痛苦淹沒。”他的幸福感不來自於獲得多少實際利益，佔有多少物質財富，博得多少世俗聲名，而來自友誼、忠誠，來自正義的伸張和受難者的微笑。

和他初識，我曾經以易卜生筆下的布朗德看他，後來發現完全錯了。在布朗德那裏，民眾需要由掌握了上帝真理的人來教育。他對待民眾的態度是傲慢的，非人化的。他率領眾人登山，隊伍中有女人説“我的娃娃病了”、“我腳疼”、“哪有一滴水解我渴”？布朗德的回答是“你們的奴隸的烙印真够深……。回到你們的墳墓裏去”。隊伍中有人問“拼搏要多久，要流很多血嗎？”他的回答是“它要一直延續到生命的盡頭，直到你們犧牲了你們的一切，直到你們從妥協折衷的束縛中解放出來……，遵守全有或全無的戒律”。布朗德的這種蠻橫的“解放者”的形象，要以被解放者的永恒犧牲為代價。他口口聲聲説他如何愛他的民眾，那不過是要求奉獻的口實。因為“愛不為偉大，只為細小。從細微的小事中體現博大的愛”。(聖·特里莎)

賓雁對人的愛就是這種細小中的博大。他會因收到不幸者的申訴信而徹夜難眠，他會犧牲自己的休息時間去回應呼喊他的人。他會為不讓一隻貓受火烤而忍受凌辱，他會對強大暴虐的統治者說“不”！甚至在他病情危殆時，也不會忘記對朋友的一聲問候。在事關大小、輕重的選擇時，他會站在陀思妥耶夫斯基的立場回答“我不接受最高的和諧，這種和諧的價值還抵不上一個受苦的孩子的眼淚……。假使小孩子們的痛苦是用來湊足為贖買真理所必需的痛苦的總數的，那麼我預先聲明，這真理是不值這樣的代價的”。我們不説這種愛的崇高，我們只説這種愛的高貴。崇高是屬神的，而高貴是屬人的。

賓雁的心靈是一奇迹。幾十年的磨難，經受屈辱、背叛、心靈的煎熬、肉體的疲憊、意識深處的賤民地位、對妻子兒女的負罪感，重重重負，需要何等的承受力。我們見過多少人，在迫害之下人格扭曲了，心靈陰暗了。受迫害妄想症、監獄綜合症被帶到正常世界上，把社會當作監獄，把正常的人際交往當作對敵鬥爭。他們再不會體驗正常的親情、友愛、信任。這是迫害者的罪孽，也是被迫害者的不幸。但賓雁卻是相反的例子。他信任人偶爾會達到輕信的地步，總不相信別人做某種事情是出於惡意。他對某些人的不滿會隨着想起這個人受過的苦而烟消雲散。在他內心裏，真正沒有敵人，他只對製造苦難的制度發言。即使偶爾提到某個人的名字也只因為他充當了這個制度的代表。他寬厚、博大、對各色人等中那些難以容忍的行為，也至多不過發出呼籲，"讓我們講點良心吧"！共產黨特殊的施虐—受虐政治心理結構，竟然不能侵害他慈悲的心懷。看他的心靈以單純對繁雜，以坦蕩對狡詐，以包容對偏狹，以寬恕對傷害，你不能不感嘆神造常人，偶爾也會失手，留些奇士在這世上，如茫茫人海中的島嶼，作遇難時救援的基地。

我常常思索賓雁獨特的精神氣質來自何處，追尋他所賴以為生的土壤、養料、水份和陽光。以賓雁的勇敢無畏、不計得失的行為方式，我們聯想到中國士大夫的捨生取義、求仁得仁的道德追求，從他對不幸者的同情、關愛和援手，我們能見到"惻隱之心，人皆有之"的道德證明，從他行事方正坦誠，我們能見到"君子不亮，惡乎執？"的道德修養。但是，這都是太表面化的比附。

賓雁說："受過'五四'以來新文化薰陶的我，對於古文本身就有一種反感，而孔子著作中散發出來的教人循規蹈矩、安份守己、孝悌忠信的一套説教，從形式到內容都令我感到窒息。這同我從生活和文學作品中學到並且嚮往的自由叛逆精神完全背道而馳。”他自己承認從沒有讀完過孔孟的任何一部著作，中國傳統思想對他的影響並不格外重要。相反，“父親從蘇聯帶回了俄國的自由主義，對我後來的成長起了決定性作用。”這種影響甚至反映到他的氣質中，以致有人批評他“像沒落的俄國貴族”。賓雁喜歡讀別爾嘉耶夫的著作，簡直像出自本能。正是別爾嘉耶夫在《俄羅斯靈魂》中指出：“俄羅斯的自由主義者與其説是國家制度的擁護者，不如説是人道主義者。”也正是他指出：“俄羅斯靈魂正在燃燒着。這顆靈魂永遠為了人民和整個世界的苦難而憂傷，這是一種難以抑制的痛苦。”

一個自由的人道主義者，一顆為人民的苦難而憂傷痛苦的靈魂，這才是賓雁人格的生發之地。我簡直要説，賓雁，你彷彿是一個俄羅斯的靈魂長在了一個中國人的身軀裏。

一九五八年，賓雁在山西平順縣勞改，在他的行囊中，竟然一不帶毛選，二不帶馬列，而是帶了“足有三塊磚頭厚的三卷《別林斯基全集》和同樣厚度的四卷《俄羅斯作家論文學勞動》”。在他最需要精神支持的年代，陪伴他的是別林斯基、屠格涅夫、托爾斯泰……。每日繁重的勞動結束之後，賓雁伴着如豆燭光苦讀《戰爭與和平》。我能想像得到，安德烈·包爾康斯基受傷躺在戰場的草地上，眼望藍天的那一番哲學思考，會怎樣地打動勞改犯賓雁的心。

在賓雁的思想中，我們常能瞥見到別林斯基的影子。別林斯基說："當個人感到痛苦的時候，群體的生活對我有什麼意義？當百姓倒在泥濘中的時候，地上的天才生活在天空中，這對我有什麼意義？"賓雁也同樣認為，當社會現實責任召喚作家的時候，他不能躲進貪新騖奇的純文學中。他對逃避現實的文學始終持懷疑態度。這種作家的社會責任感更是直接來自別林斯基。甚至他對人道的社會主義的認同也與別林斯基相似。但是，別林斯基也有狂熱激進的一面。他說："人們是非常愚蠢的，必須強迫他們走向幸福。同千百萬所受的屈辱和痛苦比較起來，幾千人所流的鮮血又算得了什麼？"這種近似列寧的言論，在賓雁的思想中卻見不到痕迹。

凡涉及到個人權利、個人自由時，賓雁更是站在赫爾岑一邊的。正是赫爾岑先知般地注意到在社會主義中應如何維護個人的完全自由。他直斥傅立葉的法倫斯泰爾是"兵營"，它會壓抑人的個性和精神生活。赫爾岑把自由視作社會革命的目的。以賽·柏林總結了他的思想："他也希求社會正義、經濟效率、政治穩定，但這些仍必須永遠次要於保護人性尊嚴、支持文明價值、保護個體不受侵犯、維護感性與天才不受個人或機構凌辱。任何社會，無論因何理由，未能防止對自由的這些侵犯，而開啓門路，使一方可能施辱、一方可能屈辱，他都斷然譴責。"我以為這同賓雁的追求是一致的。

賓雁這一代人受俄國思想和性格的影響是很自然的事

情，但可惜這種影響表現在兩個方面，一方面，在俄羅斯思想中視自由為神聖，以平等為理想。它的獻身精神，廣闊深厚的博愛，同情苦難，仇恨專制的情懷能激發、滋養崇高的人格。另一方面，它的聖愚現象，權力迷信，暴躁與麻木交替，殘忍與奴性共存，又成為激進主義和專制主義的溫床。在俄國蛻變為蘇聯之後，這後一方面的特性又格外惡化。

賓雁是受前一種影響的範例。而在中國的現實生活中，後一方面的影響卻更大，所以我們會趕走赫爾岑、薩哈羅夫、肖斯塔科維奇、阿赫瑪托娃……，留下斯大林、日丹諾夫、李森科、葉若夫……。賓雁譴責這種逆向選擇："愛、快樂、憐憫、善、良心、和美從口語中消失，自我、人、個人不再在出版物中出現。這自然是它們首先從生活中，從而也就從意識中消失的結果，同時也是原因。"為了恢復這些詞語的地位，他勞作一生，因為他深知，恢復這些詞語的地位就是恢復人的地位、尊嚴和自由。或許這些詞語在當下的中國已不再重要，但是當一些"知識精英"沉醉在偽盛世的狂歌艷舞與酬酢的淺斟低唱時，賓雁卻依然呼喚我們"聽一聽苦難的呻吟和憤怒的吶喊"。

賓雁離世之後，朱洪寄來一張他最後時光的照片。那是晚秋時分，木葉搖落，碧草上已鋪就一片金黃。賓雁坐在秋陽之下，面容清癯，白髮微疏，嘴角掛一絲微笑，神態平靜安詳。我端詳這張照片，突然覺得這神態似曾相識。終於想起，它極像烏東為晚年伏爾泰所作的那尊雕像。區別在於伏爾泰的微笑是嘲諷的，泄露出他那些刻毒的小把戲。賓雁的微笑是寬厚的，顯示着他的仁慈與博愛。伏爾泰是一個思想鋭利的哲人，一個在高山和泥沼中同樣得意的人物。而賓雁卻只是在大地上奔走勞作。

他是巡遊九州四野的不倦的歌手
他是苦難大地生發養育的自由的靈魂。

賓雁，我知道你是帶着遺憾告別人世的，因為當局的卑劣懦弱，你未能安息在故土，而你是如此地深愛那方土地和百姓。我倒想換個角度來看。我們談論祖國，卻不談論祖國背後的不義。只有在祖國這個概念成為善與正義的道德載體時，愛它才是正當的。西蒙・薇依甚至認為：“只有在希特勒式的制度中，祖國才成為獨一無二的觀念。”陳獨秀乾脆説：“蓋保民之國家，愛之宜也；殘民之國家，愛之也何居。”你知道，偉大的但丁也是長眠於流亡之地的。佛羅倫薩當局曾以認罪為他返鄉的條件，但他傲然拒絕了。他説：“如果我不認罪就不能返回的話，那我絕不回去。”他葬於拉文納，在他的墓碑上刻着：“我但丁葬在此地，是被家鄉拒之在外的人。”那戰勝漢尼拔，拯救了羅馬的大西庇阿，因受了加圖不公的指控，憤然去國，在利波納終其一生。他墓上的銘文高傲地宣示："我絕不要馬革裹屍，回到忘恩負義的祖國。"夏多布里昂讚嘆道："流亡異國只能抹去凡夫俗子的名字，卻能使英雄永垂不朽。美德令我們崇仰，當美德背負了苦難，就更能打動我們的心靈。"賓雁，倘如此，你是毫無遺憾了。

賓雁，我與你自七八年相識，至今已二十八年。當時我只是一個二十四歲的青年，躁動不安地注視着世界。與你相識，是我受的最大恩惠。後來讀到施韋澤説："我們每個人都應深深感謝那些點燃火焰的人。如果我們遇到受其所賜的人，就應當向他們敍述，我們如何受其所賜。"但我竟從未對你説過一聲謝謝，因為男人的矜持而忽視了感恩。

《世説》載"吾時月不見黃公度，則鄙吝之心已復生矣"。古人對人格的嚮往與尊崇要遠勝於今天。你所喜愛的別爾嘉耶夫説："我們很少有人會被個性的尊嚴、個性的榮譽、個性的正直和純潔所吸引。"在我看來這近乎暴殄天物，因為世上最珍貴的東西正是高貴的人格，這往往是造物的恩賜。

賓雁，你曾對我們這一代寄予厚望，甚至以為我們這一代人能看到自由中國的曙光。但讓你失望了。少年時的朋友，如今或居廟堂，或成碩儒，或纏萬貫，或變聞人。但這外在的成功，可就是我們的最終追求？記得年輕時，我們曾發出過"不自由，毋寧死"的誓言，而今，我的朋友，可曾記得這青春的信念？歌德曾慨嘆：

我的哀情唱給那未知的人群聽
他們的讚嘆之聲適足使我心疼
往日裏，曾諦聽過我歌詞的友人
縱使還在，已離散在世界的中心。

每頌此詩行，令人惆悵而感傷。

賓雁，月中，我帶着文稿來到布列塔尼海邊。就是這裏，我們曾經相約要一起來度假的。深夜，面對桌上凌亂的稿子，我想起你，想得心痛。這十幾天似與你朝夕相對，伴着濤聲與鷗鳴。今晚稿成，我和雪又到海邊去了。落日在它消逝前的幾分鐘裏，突然餘威大發，撕裂雲層，將布列塔尼海岸塗成赭紅。海灣對面，夏多布里昂埋骨之處，聖馬洛城迎向夕陽的玻璃窗燃燒起來。只一瞬，火焰突然熄滅，一切歸於寂靜，只剩輕風低語，細浪吻岸。碧海深處，一顆流星閃過，像你，隱入幽邃的天穹。此刻，沙翁的名句在腦中浮現："你並沒有消失，不過感受了一次海水神奇的變幻，化作富麗而珍奇的瑰寶。"

2006年8月24日，草於第納爾海濱
8月31日，修訂於奧賽小城

驪歌清酒憶舊時

記七十年代我的一個朋友

一

那是一九七二年暮春的五月，街頭正瀰漫着槐花的清香。我剛從懷柔山中回京輪休，就接到了萍萍的電話，說有個人挺有意思，你來見見吧。傍晚，唐克就背着他的吉他到南鑼鼓巷149號來了。

萍萍家與我家是世交。我們兩家住得很近，百十米的距離抬腳就到。萍萍是師大女附中的才女，高挑的身材，妍麗的容貌，在我這個青澀少年的眼中，是幽居深谷的佳人偶落塵寰。她的聲音好聽，清脆中帶着難得的胸音，歌喉宛妙。以她的才識風貌，天生一個沙龍女主人。所以她家那個幽靜小院常有各路人馬聚會，說的都是中國以外、民國以前的雅事兒。

我那時十七八歲，正是青春萌動之時。雖然模樣呆頭呆腦，但心裏滿是普希金的浪漫、雨果的激情。萍萍大概看我"孺子可教"，又礙着老輩兒的面子，常常帶我玩兒。這天她來電話約我去，我立刻就奔了"高台階"(胡同裏的老百姓管萍萍家的宅子叫高台階)。萍萍家當庭一顆大核桃樹，繁枝厚葉，濃蔭匝地，遮住了小半個院子。我推門進院，見大樹下立着一條漢子。身高一米八以上，寬肩細腰長腿，面色白皙，眉峰外突，雙眼下凹，闊額方臉，鼻梁高挺，細看有胡人相。此人長髮披肩，一條細腿褲緊繃，屁股的輪廓清晰可見。照現在的說法是"性感"，按當時的看法，叫"流氓"。他左手扶在核桃樹幹上，右肩上掛着一把大吉他，古銅色的漆皮已經脱落。萍萍介紹說："他叫唐克，是北京汽車製造廠的。"我在工廠看慣了穿勞動布工裝、剃着"板寸"的工人師傅，乍一見這副行頭打扮的人，頗覺驚訝，覺得有點像港台特務。唐克朝我一笑，他笑起來倒不像壞人，顯得有點靦腆。

進客廳坐下，萍萍說："唐克會好多你沒聽過的歌。"我很好奇，想聽唐克唱，尤其是彈吉他唱歌的情形，只在小說裏見過。唐克不忙彈唱，反問萍萍："上次給你抄的歌，你學了嗎？你來唱，我伴奏得了。"我這才知道此前他們已經對過幾次歌。萍萍說："你還是先唱幾首吧。"唐克從沙發上站起來，搬過一把椅子，坐下，開始調弦。輕撥慢拈，隨手給出幾個琶音，流泉般的叮咚聲就在屋裏漾開了。調準音，他回頭問萍萍唱哪一首，未等答話，自己就報了名：“唱《藍色的街燈》吧。”在吉他輕柔的伴奏下，歌聲起了：

藍色的街燈，
明亮在街頭，
獨自對窗，
凝望夜空。
星星在閃耀，
我在流淚，
我在流淚沒有人知道。

誰在唱啊？
遠處輕風送來，
想念你的，
我愛唱的那一首歌。

唐克的嗓音不算好，沙沙啞啞的，但有味道，而且音準極好。唱到高音處，梗起脖子，額頭上青筋綳露，汗水涔涔，一副忘我的樣子。眼睛只盯着左手的把位，動情處會輕輕搖頭。這是什麼歌啊！纏綿、憂鬱，那麼“資產階級”！在他輕彈低唱之時，我的眼淚幾乎要落下來。我們從小只聽過毛主席語錄歌，那些配了樂的殺伐之聲。而這

《藍色的街燈》卻把我帶到另一個世界。憑這歌聲，我喜歡上了唐克。

但唐克並不把我放在眼裏。唱完歌，他只是看着萍萍，期待着那裏的回應。我忍不住說：“真好聽，再唱一支吧。萍萍說，你會很多歌。”唐克仍然看着萍萍，問：“想聽哪一首？”問話裏含着期待。萍萍輕輕應一聲“隨便”，便不再說話。唐克低頭，只在吉他上摩挲着，不時彈出幾個和弦。我突然明白，今天在這屋裏，我是多餘的。再看唐克，滿眼的惆悵，琴聲中漣漣流出的全是愛意。沒錯，他在追萍萍。片刻的寂靜，唐克突然奮力一擊琴箱，隨即琴聲大作，唱出的歌也不像前首的婉轉低回，歌詞似乎皆從牙縫裏吐出，帶着嘶嘶的爆裂聲：

葡萄的美酒令人沉醉，
苦口的咖啡叫人回味。
沒有人理我，
我也不理誰，
一個人喝咖啡，
不要誰來陪。
我要喝，
葡萄美酒加咖啡，
再來一杯也不會醉，
沒有人愛我，
我也不愛誰。

一個人喝咖啡不要誰來陪。

歌聲中的絕望讓人心碎。後來我知道，這首歌的名字叫《苦咖啡》。

唐克愛上萍萍，他注定要喝苦咖啡了。萍萍早有男朋友，是總參作戰部首腦的公子，家住景山後街軍隊大院將軍樓。此人生得孔武有力，是地安門一帶有名的頑主。每來萍萍家，必是錳鋼車、將校呢、將校靴，行頭齊全。他不大讀書，也不受"資產階級思想"影響，真正是根紅苗正。我奇怪萍萍和他在一起怎麼會有話説。

天色漸晚，唐克幾次請萍萍唱歌，萍萍都未答應。待他起身告辭，已是繁星滿天。我請他把今晚唱的歌片抄給我，他敷衍地應着，顯然沒想到這幾支歌對我的意義。在萍萍那裏，這歌是追求者的奉獻。在唐克那裏，這歌是傾訴愛慕的語言。而對我，卻是一個新世界的展現。我陪萍萍送唐克到門口。月光透過寬厚的核桃樹葉潑灑在院子裏，天風輕拂，地上滿是光影的婆娑。有一刻，萍萍與唐克相對而立，光影中，這對俊男倩女宛若仙人。一剎那，我覺心酸。

離開"高台階"，陪唐克向鑼鼓巷南口走，沒幾步就到了炒豆胡同，我要拐彎回家。和唐克打招呼再見，告他我就住在路北第一個門。唐克彷彿猛然醒過來："噢，咱們留個地址吧，今後好聯繫。你不是要我的歌片嗎？我抄好就寄給你。"離開萍萍，唐克好像還了魂，説話的精氣神兒都不一樣了。剛才在萍萍家客廳裏若有所失的恍惚不見了，舉手投足透出幾分瀟灑。聽説他要和我聯繫，我挺高興，便把工廠的地址給了他，告他我平日不在北京，兩周才回來一次。唐克走了，雙手插在褲兜裏，上身微微晃着，披肩髮和身上背的吉他一跳一跳的。我呆立着，看他消失在燈影裏。那不是藍色的街燈，而是橙黃色的，昏暗、朦朧。後讀龔自珍《己亥雜詩》，見有“小橋報有人痴立，淚潑春簾一餅茶”句。那就是年少時的我吧。

回到懷柔山裏不久，就接到了唐克的信，裏面厚厚的一疊歌片，都是他手抄的簡譜，工工整整，一筆字相當漂亮。看看自己那筆破字，更從心裏佩服他。唐克給我的信很長，盡是些我不知道的事兒和詞兒。我印象最深的是“甲殼蟲”。因為他抄給我的歌片兒裏有兩首英文歌，原詞沒有翻譯，是“Yesterday”和“Michelle”。那時我會的英文詞超不過百十個，根本看不懂這歌説的是什麼，可他在信裏特別提到給我的歌片兒裏有“甲殼蟲”的歌。後來才明白“甲殼蟲”就是 Beatles 的中文譯名，現在大多稱“披頭士”的。信有點燙手。那時候，若讓革命群眾發現，唐克教唆犯的罪名是逃不掉的。“傳播黃色歌曲，毒害革命青年”，為這關幾年大牢是家常便飯。但我喜歡。讀他的信，有點心跳，卻高興他拿我這麼個小屁孩兒當朋友，弄些犯禁的東西傳給我。在禁忌的時代，哪個年輕人沒有瀆神的衝動。更何況我又生來有反骨，專愛惹是生非，讓我媽夜裏睡不着覺，做夢都是我進了局子的事兒。

一九七二年，“甲殼蟲”已經散夥快兩年了，四雄單飛，列儂已經寫出了不朽名曲“Imagine”。當然，這是我後來知道的。那時，在中國內地，聽説過“甲殼蟲”名字的又有幾人？因了唐克，我算一個。

信，我是精心藏好了，歌，則和好朋友一起躲在山溝裏人迹罕至處偷偷學唱。唐克當時抄給我的歌，現在還能記住的有《尋夢園》、《藍色的街燈》、《晚星》、《唐布拉》、《苦咖啡》、《魂斷藍橋》、《告別》。這些歌和當時的社會氛圍全不搭界。我們就憑它，有了一種別樣的生活。唐克給我的歌和當時流行的蘇俄歌曲不一樣，似乎來自另一種文化，大約是從英美到港台的一路。這些歌裏少了蘇俄歌曲中渾厚憂鬱、崇高壯烈的情緒，多了纏綿悱惻、男嗔女怨的小資情調，更個人，更世俗。後來我偷偷唱給幾個知心好友聽，沒人不愛。既有信來，必有信往。我得給唐克回信，為了證明我有資格做他的朋友，而不僅僅是萍萍的“燈泡”。好歹那時也胡亂讀過幾本書，得在唐克面前“抖抖份兒”。

這封信足足花了我一個星期的工餘時間。每天下班之後，別人都回宿舍了，我一個人躲在車間的角落裏，打開機床燈，趴在工具櫃上寫。字難看，就寫慢點，一筆一畫的，學問不大，就拽着點，東拉西扯的。當然，我的“殺手鐧”是萍萍，就憑這名字，拿下唐克不成問題。當時我剛通讀完《魯迅全集》，正好拿來賣弄。我給唐克分析了一通他為何不該愛萍萍。在我看，一是萍萍已經名花有主，二是像唐克這麼一個滿腦子資產階級思想的人，和無產階級革命家庭的閨女也不般配。記得信中還用了“賈府上的焦大也不會愛上林妹妹”之類的比喻。我並無傷害他的意思，只真心希望他認清愛的無望，不要徒費心力。就算信寫得不招唐克待見，相信我的單純坦白他會理解。

每天寫完回宿舍，已是繁星高掛，夜幕四垂。沿着八道河往宿舍走，河水的嗚濺伴着稻田裏的蛙聲，汩汩、咕咕，交相回應。滿山坡的栗子花香得醉人，偶爾蛙鳴止息，能聽見玉米拔節的“咔嚓”聲。帶着剛才一逞“堆砌”之快，飄飄然覺“萬物皆備於我”。

信發走後便撂在腦後不去想它。

二

又是一個輪休日。剛一到家，我媽就說，這幾天老有個叫唐克的找你，留了電話號碼，讓你回來後給他回話。一看是個公用電話號碼，下寫“請傳新街口大四條五十號唐克”。

我心中忐忑，不知唐克收到我的信沒有，會有什麼反應。傍晚時分撥通了電話，唐克的聲音從聽筒裏傳來，音調高昂、興奮。先聽他說“你這封信寫得可是花了力氣”，接着大談萍萍也是愛他的，並不是他單相思。又說起他最近見了一個什麼人，兩人談起《人·歲月·生活》這部書。接着，洛東達、莫吉爾揚尼、畢加索等名字子彈般飛來。接下來説一定要見面，給我講講這本書。隨後他壓低了聲音問我，萍萍讀過這本書嗎？説實話，這部書的名字我是第一次聽到。問唐克，這書是誰寫的，他竟然一時語塞，沒説出來。唐克立刻要約我見面，叫我到他家去，只是有點抱歉地説，他家地方太小。第二天下午，我們約在新街口丁字路口，幾分鐘後就站在唐克家門前了。

新街口大四條在新街口以北豁口以南，斜對着總政文工團排練場。胡同不算窄，沿街有老槐樹。唐克家院子門不大，進門左手是個長方形的小院，搭着許多小棚子，院子顯得擁擠。頂頭一棵大槐樹，遮了半個院子的蔭。唐克家是北房，只一間屋，約二十幾平方，屋子分成兩部份，靠裏一張大雙人床，靠外一張小單人床。簡簡單單幾件傢具，倒收拾得乾淨。屋子中間已經擺好了一張方桌，桌上幾盤小菜，一瓶北京紅葡萄酒。迎門坐着一位老人，鶴髮童顏，腰板挺直，雙目炯炯有神。他就是唐克的父親，以後我一直稱他唐伯伯。

看氣度，老人絕非等閑人物。與唐克交往多年，我從沒有問過老人是幹什麼的，唐克也未提起過。只偶聞他曾是民國時期演藝界一位重要人物。直到前些年，唐克寄給我一份國民黨C.C.系祖師陳立夫給他的親筆信的複印件，稱他“克信賢侄”，才知道這位唐老伯和C.C.系關係絕非尋常，能與陳立夫兄弟相稱。唐克告我他的名字就是陳立夫所起。

老人見我進來，點頭相迎，命我坐下，開口便説：

“我看了你給唐克信的信。”我才知道唐克本名克信，人稱唐克乃是簡稱。老人道：“看你年紀輕輕，還真讀了不少書，不像唐克信，不學無術，整天鬼混。”我心一虛，知道是我信中天南地北，古今中外胡拽的結果。隨後，唐伯伯又講了一通青年人應該如何上進，和報紙上差不多。唐克煩了，催着快吃飯。飯後老人又誇了我幾句，然後說了一句讓我嚇得半死的話：“唐克信這孩子，我就交給你了。”

我記不起來當時如何回答。以我當時的閱歷，肯定是一句話也說不出來。現在回想，一位耄耋老翁，把二十幾歲的大小夥子托付給一個十七八歲的半大小子，有多滑稽。唐克對此倒是聽而不聞，也許這小子太過頑劣，老人不知已經把他托付給幾多人了。老人起身離席，走到院中洗漱了一下，就回屋和衣倒在靠裏面的大床上。唐克沖我一招手，我們就溜出了屋子。

東西向的院，唐克家靠東側，頂西頭有個小院和大院子中間隔着門道，小院中有一小屋，隱秘得很。唐克引我進去，說他平時就住在這間小屋裏。小屋僅有五六個平方，一單人床，一雙屜桌，桌前破椅一把，坐上去嘎吱響。若一人坐在床上，一人坐在椅上，空間僅可容膝。開燈，是盞北京當時最流行的八瓦日光燈，嗡嗡響了半天也不見亮，唐克猛拍，終於亮了。一眼見正牆上掛着唐克那把心愛的吉他，在慘白的燈光下森森泛色。唐克摘下吉他，輕撫琴箱，講起這把吉他的來歷。這琴是他從一位朋友處淘換來的，以前，它是一位蘇聯專家的。這位專家的父親三十年代曾是國際縱隊成員，參加過馬德里保衛戰。戰敗後歸國，帶回這把吉他。唐克告我，這種手抱揮弦的吉他叫西班牙古典式，適合彈奏古典樂曲和歌吟伴奏，聲音渾厚。另有一種吉他音箱狹小，需用撥子彈奏，聲音尖亮，是夏威夷吉他，適合小樂隊演奏。又告我吉他大師塞戈維亞就是彈奏這種西班牙古典吉他。從此，我又知道了一個神聖的名字：塞戈維亞。

吉他在唐克的撫弄下似乎有了生命。磨損的漆皮透露着歲月的消息，不知何年，幾多良夜，它曾在佳人窗下傾訴。許是剛才吃飯多喝了點酒，唐克有點興奮，不停撫弦欲歌。我怕夜深攪人，尤其是唱被禁止的音樂。他說街道大媽和他關係不錯，還曾說他唱得好聽呢。那晚，唐克唱了《晚星》，一首此後幾十年和我在一起的歌：

傍晚，我望着夜空，
想起你，知心朋友。
你遠在天邊，
幾時才能和你相見。
晚風吹着我的臉，
星兒啊，
又隨風飄散，
飛到我身旁，
永遠陪伴着我。

如今我寂寞悲傷，
有誰知道我在流淚，
只有你啊，
知心的朋友，
可是你遠在天邊。
如今我孤零無靠，
今往何處去流浪，
只有你啊，
知心的朋友，
可你遠在天邊。

屋子小，攏音，琴箱共鳴更顯豐厚，唐克的聲音也格外動人。已微醺的我是徹底的醉了。琴歌聲歇，我起身告辭，已是午夜時分。騎車往家走，灑水車剛過，新灑過水的街上，清涼陣陣。街上沒人，我興奮，放聲大唱，從新街口一路唱回家。到家門口，忽聽身後有人說再見，一看是唐克，說怕我喝多了路上出事，就一直跟我回了家。看我平安到家，便掉頭走了。

三

那年夏天，懷柔山區暴發山洪，淹毀了我們工廠。抗洪救災後，工廠已無法生產，全廠工人返京自找地方實習。我去了北京起重機械廠，一呆就是一年多。

這段時間，和唐克隔三差五就見面，跟他學歌，聽他胡聊，當然也從他那裏學東西。“我來到這個世界上，為了看太陽”，是唐克在一封信中抄給我的巴爾蒙特的詩。這詩行對一個不到二十歲的青年人實在有顛覆力。我們從小接受的信條是“我來到這個世界上，為了解放天下三分之二受苦的人”，是為了“用鮮血和生命捍衛毛主席”。唐克卻用巴爾蒙特的詩告訴我：睜開眼睛吧，這世界上還有其他好看的東西。在聽到北島吟誦出“我不相信”的決絕之前，我一直以“看看太陽”的態度來生活。那時，我也尋到過普希金、拜倫、雪萊的詩，把那些滾燙的詩行抄在秘密的小本子上，藏在心底：

我要憑那無拘無束的鬈髮
每陣愛琴海的風都追逐着它
我要憑那墨玉鑲邊的眼睛
睫毛直吻着你頰上的嫣紅

但拜倫的愛琴海對七十年代的中國太輕柔明媚。中國是死海，粘稠污濁的海水裏湧動着無數受苦的靈魂。踟躕在巴黎街頭的巴爾蒙特才更貼近我們。

七十年代，北京在不同時間流行過不同的書。《人·歲月·生活》“文革”前就已在內部出版，但它最受青年人“追捧”的時間大約是七十年代初。這本書最流行的時候，我沒讀過，我知道它是聽唐克說的。書的內容相當豐富，但唐克不斷向我提起的主要是藝術家在巴黎的生活。他最津津樂道的故事是一位畫家在洛東達咖啡館門口脱得精光，一位警察看看他問道："老頭，你不冷嗎？"唐克拋給了我一大堆名字，莫吉爾揚尼、畢加索、馬蒂斯、"洛東達"、"丁香園"、"洗衣坊"、"蒙馬特"。每一個名字都是一扇小窗子，透過它，我們看到了另一個世界。可惜，我們雖然常提起巴爾蒙特、阿波利奈爾，但沒讀過他們的詩。我們談論印象派、立體派、抽象派，但沒看過它們的畫。我們拿新鮮名詞娛樂自己，更由於物質追求被嚴酷地禁止，對精神的追求就來得格外強烈。"洛東達"對唐克或者說對我們，意味着什麼？為什麼唐克談起它就像饕餮之徒談起菜譜？後來我明白，"洛東達"不僅意味着無數開先河、領風騷的藝術家曾聚集在它昏暗骯髒、烟氣瀰漫的廳堂裏，更因為它代表着自由的思想與創作，代表着特立獨行的人格，代表着精神上的相互啓迪與召喚，代表着友誼能打破民族國家的藩籬，僅因為道義相砥、精神相通而地久天長。

我要讀這部書，問唐克，他沒有，而且我發現他並未真正讀過這本書。他所知道的內容大半是聽來的，或是得自友人之間互相傳遞的那些隱秘的筆記本。我有幾位大朋友，是"文革"前101中的高中生，家裏都有些背景。其中有一位門路極廣，我們叫他"老胖子"，我請他幫忙。等了挺長的時間，老胖子才告我找到了，説這書印得很少，他是通過馬海德的公子幼馬找到的。馬海德在共產黨內的地位類似白求恩，屬於為革命服務的國際友人。幼馬是個混血兒，為人慷慨仗義。老胖子和他家住隔壁，關係很熟。我當晚就跑過去取回書，老胖子限我一周還書。這書用舊報紙包了個皮兒，兩冊，黃黃的書頁。後來我知道，當時流傳的這部書並不是全本，它只有四個部份，而愛倫堡一共寫了六部份，一直寫到"解凍"。拿到書，我通宵達旦地連讀帶抄。僅一周時間，恨不能把這書吞吃下去。看了才知道，書的內容極豐富，遠勝過唐克的"口頭傳達"。它不僅記述人物、事件、場景，還有更深入的思考，而唐克似乎並不在意這些需要更高智力活動的內容。他是通過感覺來吸收，通過聽力來汲取的，以至一次我把抄下來的段落給他看，他竟問我"這是什麼書"。

但這並不妨礙他"生活在別處"。當"全世界人民都嚮往着祖國的首都——北京"時，唐克卻嚮往着"巴黎，宛如一朵灰色的玫瑰，在雨中盛開"。當全國人都愛看"偉大領袖毛主席慈祥的面容"時，唐克卻想看畢加索筆下那些變形的"醜女人"。在大夥都愛唱"爹親娘親不如毛主席親"時，唐克卻要唱"一個人喝咖啡不要人來陪"。在一片灰色的蕭瑟中，唐克是一點綠意。和他在一起聊天，我們說的幾乎是另一種語言。"兩報一刊"生產的套話消失在新街口大四條的陋室裏。那裏有纏綿的琴聲，和"恨今朝相逢已太遲"的嘆息。

四

這段時間，唐克的興趣集中在電影和攝影上。現在每次見面，他都會談到某部電影，有些是“文革”前上演過的，像《戰艦波將金號》、《第四十一》、《偷自行車的人》，更有些他也只是聽説過。他給我講過帕索里尼的《迷惘的一代》、格里耶的《去年在馬里揚巴德》。最津津樂道的就是“人家真的好電影根本沒有故事情節，全靠鏡頭説話”。哪怕他沒看過，這些電影裏的新潮思想也會讓他興奮。他有幾個在電影界混的朋友，有關現代電影的信息大半是從那兒聽來的。唐克的本事就是“聽”。但是他的“聽”有一種天然指向，他有興趣去聽的東西一定和人類精神世界的拓展有關。在社會震耳欲聾的革命喧囂中，他是個聾子。但哪兒有一絲有價值的異響，他馬上豎起耳朵，循聲而去。

尼克松訪華之後，“文革”的勢頭稍有疲軟。隨後維也納交響樂團、費城交響樂團、斯圖加特室內樂團相繼訪華。阿巴多、奧曼迪的名字在小圈子裏不脛而走。這幾個外國樂團我都沒聽成，因為除了江青和她的一些死黨，劇場裏坐的大都是士兵，整團整營地開進去，一聲令下就座，開始受罪。記得斯圖加特室內樂團演出那天我回懷柔山裏辦事，晚上站在宿舍涼台上，習慣性地拿出我的九管紅燈牌半導體收音機，找那些傳道講經的電台，它們往往在兩段聖經之間放一段古典音樂。但那天還沒調到短波，就清晰地聽到了莫扎特的《弦樂小夜曲》，原來北京人民廣播電台居然播了一段演奏現場實況。聽得我頓覺星光燦爛，萬山奔湧。回城後唐克來找我，得意洋洋地説他聽了這場演出的現場。怎麼可能？其實他用了一個極簡單的方法：在民族宮禮堂台階下昂首挺胸站好，某首長在門前下車，立即緊緊跟上，稍抬雙臂，做保護首長狀，跟着進了劇場，然後立即閃進廁所，等沒人時進去找個空座坐下即可。他告我，劇場空座很多，越往中間坐，越沒人敢問你。關鍵是你要心裏覺得自己是大爺。

一九七四年，鄧小平重回權力中心，各種“另一個世界”的東西通過難以察覺的縫隙透進鐵屋。唐克敏鋭地嗅到了一絲異味，於是像暗灰吹了氧氣，火苗陡起，開始四處征戰。自斯圖加特室內樂團混場告捷，他又發現總政文工團排演場常演“內部電影”。當局為了“反對復活日本軍國主義”，弄了不少日本的戰爭片來教育群眾，如《山本五十六》、《啊，海軍》、《虎、虎、虎》、《日本海大海戰》。先是在高幹中演，隨後擴及文藝界的核心隊伍。但唐克兩頭不搭界。總政排演場就在家門口，肉香撲鼻卻不給快餓死的饑漢分一杯羹，是無天理。一天，唐克突然興奮地告訴我，他看了《啊，海軍》，隨後給我大講東鄉平八郎初入江田島海軍學校，教官嫌他回答點名時聲不够壯，便大聲喊“我聽不見就是聽不見”。為了讓我能身臨其境，唐克模仿台詞竟至聲嘶力竭，青筋綳露。我問他哪裏弄的票，他先説是朋友給的，問他是誰，他有點惱火地說，別以為只有你們這些人才能弄到票，我有我的辦法。後來他不斷有電影看，每次看完都會向我炫耀。那幾個月，是自相識以來，他最快樂的時光。但漸漸地，他再不提看電影的事。新波是唐克的樂友，彈一手好吉他。唐克和他吉他二重奏，都是新波彈主旋，唐克彈伴奏。一天新波不經意地告訴我，唐克畫不成票了。我再問，才明白前幾個月，唐克出入內部電影院如趟平地，原來是靠畫入場券。他發現一家常演內部電影的劇場 (我不記得是不是總政排練場) 的入場券是油印在一張淡粉色的薄紙上的。這種紙在文化用品商店很容易找到。由於這種紙很薄，油墨洇得厲害，所以用黑墨水筆很容易畫。唐克是在劇場門口撿到人家隨手扔的入場券，然後回家製作。他原有繪畫的根底，畫出的入場券幾可亂真，從來無人察覺。但前不久，入場券改道林紙鉛印了，唐克無計可施。所以近來再無電影看，人也鬱悶起來。

一天我上早班，下午兩點剛出工廠門，就聽唐克大呼，一看他正在馬路對面等我，雙腳蹬地，跨在自行車後架上，前搖後擺好不愜意。沒等我走近，就急着告訴我，他又看了一個多麼棒的電影。我逗他說，又能畫票啦，他撇嘴道：“誰畫了，我自己買票看的。”語氣大有二奶扶正、窮人乍富的得意。這次他看的電影叫《爆炸》，是官方准演的羅馬尼亞電影。主角是一位名叫“火神”的消防隊員，為了救一艘要爆炸的外國輪船出生入死。唐克最喜歡男主角的那張臉，比起中國銀幕上那些裝腔作勢、一本正經的死人臉，“火神”的臉確實太讓人動心。這是一張溝壑縱橫的瘦長臉，倒八字眉，塌鼻癟嘴，但內藏英武之氣。此人言語幽默，行動果敢，是我們從未見過的冷面英雄。更讓人吃驚的是，電影中竟然有一皮膚半黑的窈窕女郎，身着比基尼泳裝，在艦橋、舷梯、甲板間跳來跳去。藍天碧海、烈火濃烟襯托着鮮亮的橘黃色三點式泳裝，果然賞心悅目。唐克堅持認為審片子的人在這個鏡頭出現時正巧睡着了，以至讓這大逆不道的鏡頭出現在中國觀眾眼前。這片子唐克看了多遍，還一再鼓動我多去看幾遍，說這種片子每個鏡頭都值得琢磨。

攝影是唐克一貫的喜愛。他有一台老式的單鏡頭反光135相機，曾給我看過一些他照的人物特寫，我當時認為水平相當高。我對攝影一竅不通，全聽唐克啟蒙，從他那裏知道了牛頓的黑白反差效果、布拉薩依的人物照。他珍藏着一張不知哪裏找來的布拉薩依照的畢加索相。他對我說，這張相片不符合一般人物肖像的規則，畫面切割不均衡，但是人物表情捕捉得太精彩。還拿起尺子在這張照片上比劃，說要是他照，他會裁掉多餘部份。他對攝影很下功夫，手邊幾本有關攝影理論與技巧的書，快讓他翻爛了。他自己拍照，也自己沖洗，放大機是自己手工製作。他把那間小屋弄成暗室，常常一幹就是通宵。有一陣他和唐伯伯鬧氣，把全套沖洗相片的設備搬到炒豆胡同，夜裏我陪他幹活。在暗紅色的燈光下，見一張相紙從顯影液中漸漸顯出形象，真有一種快樂。他洗過許多照片，但我現在唯一記住的是他給自製的放大機照的相。構圖極樸素，那架細脖大頭的放大機孤零零的懸置在照片的中間，似有種哀怨的表情。他自己吹噓說這張靜物照可與牛頓的片子相比。

五

唐克在北京汽車製造廠幹的是機修鉗工的活，這個工種是工廠裏技術要求最全面的。要能判斷機器的毛病出在哪，還要能動手修，有時配件不湊手，就得自己動手做。唐克在工廠上班是百分之百吊兒郎當，泡病假、請事假、遲到早退司空見慣。但他群眾關係總混得不錯，哥們兒、姐們兒、大伯、大媽一大堆。領導恨得牙癢癢，不知整過他多少回，可他一仍其舊，死不改悔。唐克學了手藝也不閑着，總想着自己搗鼓點玩意兒。他建議把我爸五十年代初從越南帶回來的那架菲利浦收音機拆了，做個音箱。那時我已經沉溺於古典音樂不能自拔，但沒有好設備聽。他說可以把我那架北京604開盤磁帶錄音機接到音箱上，擴展低音。立體聲概念，也是聽說過沒見過，以為弄兩個音箱左右一擺就是立體聲。終於他把我爸的收音機拆了，其實他只用裏面的那隻八寸喇叭。他的木工活挺漂亮，外殼還貼了一層深咖啡色的木紋塑料貼面。音箱的原理是他自己瞎琢磨的，但背面開反射孔，內裏塞棉套吸音，還真符合聲學原理。音箱做好以後，他精心往面板上貼了一個商標牌“Toshiba”，後來才知道是大名鼎鼎的日本東芝，也不知道他打哪兒弄來的。

音箱做好後，唐克又有新的設想：“設計剪裁縫製衣服”。七十年代，大陸幾億人的服裝基本上是一個樣式，都是脫胎於軍裝的毛服。唐克平時就要把工裝褲改窄，包臀裹腿。他不能忍受穿萬眾一面的毛式服裝。這回他要自己設計款式了。給我印象最深的是把當時叫“老頭衫”的圓領衫裁短，長度僅及肚臍。下擺不縫，留着毛邊。再就是把勞動布工作褲徹底改造，臀圍、大腿圍收緊，膝蓋以下開成大喇叭口，褲腳毛邊，一邊的膝蓋上剪開一洞，拉出布料的粗纖維。這款似乎是從電影《爆炸》裏學來的。難得的是唐克追萍萍失敗之後，身邊再無女性，而他媽媽也早已過世，設計的服裝全靠自己縫製。他的女紅技巧如何，我不能評價，但那身打扮招搖過市，絕對得讓“雷子”盯上。

一天中午，唐克來我家，我倆在院門口說話。這時我媽已對唐克提高了警惕，讓我少跟他來往，所以他總是在胡同裏跟我會面。唐克背靠牆，一腳立地，一腿屈起，腳蹬在牆上。屈起的一腿，恰恰把膝蓋上的大洞暴露出來，像褲子破了沒補。我姥爺回家，見我和唐克在說話，便點頭而過，誰知走過去幾步後，突又掉頭回來。姥爺是深度近視，他摘下眼鏡，彎腰仔細端詳唐克褲子上的大洞，然後一言不發，掉頭而去。

姥爺是北京市武術協會委員，身懷絕技。太極、通背、形意、八卦掌、五禽戲，樣樣精通，更有一獨門功夫“太極短劍”。“文革”前他曾帶我去看他在北海體育場表演。此套劍術形似太極拳，做起來身形悠緩，氣隨意走，意氣相連，綿綿不斷。但前臂內側暗藏一尺短劍。格鬥時，翻腕刀鋒立現，一劍封喉，制敵死命。因此套路太兇狠，姥爺從不傳人。我表叔曾跟隨羅瑞卿掌管公安部，幾次勸姥爺將此絕技傳給公安學院武術教研室，但姥爺執意不從。後來他對我説：“我怎知學劍的人是不是好人，他要學了去幹壞事怎麼辦？”看來姥爺早知“國家機器是不能信任的”。

唐克走後，我回家，姥爺叫住我問，你這朋友是何人？家裏是不是特困難？有無父母？我奇怪姥爺為何問此。姥爺發話道：“這孩子可憐，褲子破成那樣還穿了上街，家裏沒人給補。你叫他進來，把褲子脱下，讓你媽給他縫縫。”我媽一聽大樂，在旁邊朝姥爺喊：“人家那是時髦！”姥爺到了兒也不明白破衣爛衫如何時髦。再見唐克，相告此事。唐克大感動，説今後再見了姥爺非給他“磕兩不可”。果然，唐克以後再來家中，總找機會和姥爺聊天，哄老爺子，竟至姥爺甚喜歡他，還要教他習武，説趙家孩子全不學他的玩意兒，實在可惜，頗有“廣陵散不復傳矣”的感嘆。不知姥爺要教唐克的功夫中有無他的獨門絕學“太極短劍”。

一九七四年開始“批林批孔”。像我們這種平日愛“學習”的人大半被組織進了“工人理論隊伍”，負責向革命群眾宣講毛的理論。為了配合“批林批孔”，中國書店上了一些中國古典文學、史學、哲學原著，我們因此有機會讀些以往找不到的書。唐克對新鮮玩意總有興趣。當時北京汽車製造廠的工人理論小組在北京挺出名，所以讓他們和北大中文系的工農兵學員一起編輯、注釋辛棄疾的詞選，因為當時辛棄疾被列入了法家隊伍。唐克和廠裏工人理論隊伍的頭兒關係很好，常和人家瞎聊。人家在幹活、搞注釋，他也趁機讀了幾首辛詞，因喜愛就要和我分享，居然弄到一部人家剛注釋完的底稿給我，打字油印，整整齊齊一大厚摞，像本書的樣子。唐克自己做了個封面，用挺漂亮的毛筆字題上《稼軒長短句》。後來才知道這是以元大德年間廣信書院刊印的《稼軒長短句》為底本，參照前人注釋編成，裏面大約襲用了不少鄧廣銘先生的研究成果。反正是工人階級用，不存在抄襲和版權問題。那一陣我們以背稼軒詞為樂。唐克常有獨解，尤喜《賀新郎》送陳亮一首，最感嘆陳亮別去，稼軒不捨，竟踏雪追人。古人高意勾起唐克遠遊之心。不幾日他告我將獨自遠行，遊歷名山大川。既念到“看淵明，風流酷似，臥龍諸葛”，便要親往拜謁。我問他可有盤纏？他笑答“一甑一缽足矣”。

六

唐克開始浪迹天涯，幾乎每周有一信寄我，信中記載所行遇之奇事。大凡風物人情、遺痕古迹、絕詞妙文皆詳錄之。我不知他的行止，只憑着收到的信知道他到過哪兒。他在成都寄給我的信有十多頁，大抄武侯祠、杜甫草堂的銘文、楹聯、題詩。記得武侯祠所懸巨匾題“義薄雲天”，祠內有對聯“能攻心，則反側自消，從古知兵非好戰。不審勢，即寬嚴皆誤，後來治蜀要深思”。杜甫草堂則有一聯，我深愛之：“異代不同時。問如此江山，龍蜷虎臥幾詩客？先生亦流寓。有長留天地，月白風清一草堂。”隨後，唐克在重慶買舟而下，過三峽時，他抄錄盛弘之《三峽》名句給我：“每晴初霜旦，林寒澗肅。常有高猿長嘯，屬引淒異，空岫傳響，哀轉久絕。”他沿途記載長江名勝，在武漢下船寄信給我，信封上注明“發於武漢長江大橋”。隨後，順江而下，過黃岡赤壁，覽小孤山，在九江下船奔了南昌。

唐克出發時號稱只帶了五塊錢，沿途多半靠混車、蹭票、扒車而行。他在寶鷄曾上一煤車，半夜幾乎凍死。時常餓肚子，但總有好心人幫忙，或請飯，或留宿。在陝西曾被路警抓獲，關了好幾天，據他說全憑善搞公關，和小警察東拉西扯，最後竟然套出交情，放他出監。唐克沒讀過《在路上》，我們那時也不知道凱魯亞克的大名，但唐克肯定是“路上派”的先鋒。後來看到霍姆斯評說道：“《在路上》裏的人物實際上是在‘尋求’，他們尋求的特定目標是精神領域的。雖然他們一有藉口就橫越全國來回奔波，沿途尋找刺激，他們真正的旅途卻在精神層面。如果說他們似乎逾越了大部份法律和道德的界限，他們的出發點也僅僅是希望在另一側找到信仰。”我想，這就是唐克上路時，未曾明瞭的意義。

唐克自南昌一路南下，在去廣州的火車上遇見了阿柳，一位文靜、秀美、單純的姑娘。他一到廣州，就愛上了這座城市。他來信說和北京相比，廣州太自由，太有意思了，說天高皇帝遠，總有草民喘氣的地方。還抄了黃花崗烈士陵園裏的一些墓碑銘文給我。他在廣州呆了好幾天，尋訪到幾位琴友，和人家練琴對歌，受到熱情款待。據說他帶去的幾支歌“鬬震”，廣州琴友盼他携琴南下。因此，唐克有南下之意。加上和阿柳相處得熱絡，更使他打算辭北遠行。

不記得他又轉了什麼地方，但收到他的最後一信是寄自雲南昆明滇池。這已是他離京數月之後了。這封信用紅綫竪格信紙，極工整漂亮地全文抄錄了大觀樓“天下第一長聯”。信中大抒登臨感懷。那時他憑欄臨風，望五百里滇池浩渺，嘆歲月空逝，立志奮起直追。信寫的激昂慷慨，與往昔唐克的消頽大相徑庭。再讀他抄給我的長聯，卻更喜：“盡珠簾畫棟，捲不及暮雨朝雲。便斷碣殘碑，都付與蒼烟落照。只贏得：幾杵疏鐘，半江漁火，兩行秋雁，一枕清霜。”

真慚愧，唐克當時走過的地方，大半我至今沒有去過。有關知識皆來自唐克在路上寄給我的那些信。這些信極有價值，可惜三十年過去，都散失了。一九八二年，中國現代西方哲學討論會在廬山舉行，我奉命打前站，去武漢辦往九江的船票。隨後順江而下，一路默念唐克曾寫給我的大江形勝，竟如昨日。過小孤山時，天剛破曉，大霧迷江。一山兀立，江水拍舷，思念的歌聲自心底悠然而起。那時唐克已移居廣州，我與他久不通消息了。

唐克回京時，我已回山中。待半月後相見，他憔悴又憂慮，全不見旅途中來信時的亢奮。原來這次閃的時間長了，工廠要處分他，嚴厲至開除。如何收場，我已經記不得，但不久唐克就堅定地告訴我，他要南下。“逝將去女，適彼樂土。樂土樂土，爰得我所。”

唐克要走，對我是件大事。幾年來，他是我最親近的朋友，我的啟蒙者。他的怪論激起我讀書的衝動，他的琴聲帶給我多少快樂。但這次，他真要走了。我曾找出許多理由挽留他，但他一句話讓我無言：“北京是你們呆的地方，不是我呆的地方。”交往這幾年，唐克常譏諷我的出身。他把和萍萍戀愛的失敗歸結為門第之過，總愛說：“你們是貴族，想要什麼有什麼。”開玩笑！中國哪裏有什麼貴族？因為貴族並不僅意味着你站在國家階梯的第幾級上，它更是文化，是教養，是責任，是榮譽，是騎士精神的延續。如果魏瑪大公奧古斯特不尊崇歌德、席勒，如果克騰侯爵利奧波德不崇仰巴赫，那他們不過是頭腦冬烘的土領主，而國朝之肉食者大半頭腦空洞、人格猥瑣、行為下作，何來高貴的血脈綿延子嗣？我看那些官宦子弟，大半糞土。而唐克倒有些貴族氣。我這樣告訴他，他覺得我說反話。

唐克要動身了，幾個朋友在大四條唐克老宅為他餞行。似乎天亦傷別，那天陰沉沉的。入夜，雨漸漸落了，滴在院中大槐樹上，簌簌作響。我們喝了不少酒，在座的朋友有吉他高手。嗚咽的琴聲和着細雨淅瀝，別愁離緒伴着未來憧憬。唐克那天看起來很平靜，似乎不為離開北京傷感。廣州有阿柳，有新朋友，也許有未來。那時的許多青年人，是"有嚮往，無未來"的。唐克終於拿起了琴，想到今後恐怕很難再聽見這把老吉他的聲音了，我有點傷心。唐克撫琴作歌，唱的《魂斷藍橋》。此曲用英格蘭民歌《友誼地久天長》的曲調，但歌詞全變：

恨今朝相逢已太遲，
今朝又別離。
流水幽吟，
落花如雨，
無限惜別意。
白石為憑，
明月為證，
我心已早相許。
今若天涯，
願長相憶，
愛心永不移。

不知出自何人手筆，頗有柳七遺風，歌之愴然。歌畢，唐克放下琴，沉默不語。這是我聽他在北京唱的最後一支歌。

唐克走後，先時常有書信來，地址是廣州市粉末冶金廠，那是阿柳工作的地方。漸漸信淡了，竟至全無消息。後來聽人說他曾兩次奮勇游向香港，但均未成功，被捕獲後送農場勞動，吃盡苦頭。我曾旁敲側擊問過他是否如此，他顧左右而言它。其實我佩服他的勇敢，他愛死了那種“另類生活”，不僅想而且幹，以自己青春血肉之軀去搏取。我擔心的倒是他一旦真得到了，會心滿意足嗎？我以為不會。他的命星高懸在那裏。

七

一九七八年底，所裏派科研處劉樹勛處長帶我到幾個省的社科院調查外地理論界的思想動態。知道行程後，我試着往廣州粉末冶金廠阿柳處給唐克寫了封信，告他我將赴廣州，希望能和他見面。但直到動身，也沒他的回音。到廣州後，省社科院的人安排我們住廣州白雲賓館，我又給唐克發一封信，告他我的住處。本已不抱能找到他的希望，沒想到，第二天早晨正在餐廳吃早茶，唐克大搖大擺地來了。

久不相見，我是欣喜異常。唐克卻仍是一臉的滿不在乎。白雲賓館餐廳後面有一室內花園，奇花異草，怪石流泉，相當漂亮。唐克進去轉了一圈，出來似有不平，說：

“你小子真會挑地方，要不是找你，這地方我連進也進不來。”一九七八年時，白雲賓館是廣州高檔賓館之一。唐克大概嫌我這個當年一塊混的小哥兒們有點墮落。劉先生事前聽我講過唐克的故事，忙從旁圓場道：“工作需要，工作需要。”那時我正讀馬爾庫塞，這次出差手邊帶了一本他的原著《單維的人》，正巧放在餐桌上。唐克拿起來翻了翻，又是一臉不屑的樣子：“呵，都讀洋文書了，中文學會了嗎？”我知道他也就是在外人面前“乍刺兒”，便一臉憨笑，隨他擠兑。待坐下說起我們在廣州的日程，才知唐克早有一個詳細的安排，要帶我去不少地方，還要見他廣州的朋友，似乎要給我展示他在廣州的生活。樹勛先生大人大量，說你和唐克玩去吧，和社科院談話的事我一人去就行了。後來廣州的公事幾乎都由劉先生一人包了。談話間廣東省社科院來人接我們，見面就說，李一哲放出來了，現住省委招待所東湖賓館。我一聽就來勁，想去找他們，但樹勛先生礙於公務身份不便前往，便商定由唐克陪我以個人身份去會李一哲。

“文革”中的李一哲也曾名動京城。他們的大字報在北京廣為流傳，以其思想開放、言辭犀利、辯才無礙而受人喜愛。第二天下午，和唐克約好見面，他帶我去了東湖賓館。天陰沉沉的，在賓館門口和站崗的士兵稍費了些口舌，等我拿出蓋有中國社會科學院哲學所紅印的介紹信，才放我們進去。李正天、王希哲、陳一揚 (李一哲就是三人名字中各取一字拼成) 三人住在一座二層的灰色樓房裏，樓道很暗。他們的房間約二十平方米，擺着四張雙層床，靠窗一張二屜桌。說是招待所，比起號子裏也好不到哪兒去。屋子很暗，我們敲門進去，三人顯出吃驚的樣子。待我自報家門，屋裏才有了活氣兒。李正天身材不高，頭大，脖子短，毛髮稀疏，前額寬闊，大眼鏡後面一雙慧眼，外表有點像列寧。說話聲低，吐字很慢，談話間會偶爾站起來走幾步，旋即又坐下。是個沉靜的思想家。陳一揚自始至終在上鋪沒下來，大半時間躺着。人極消瘦，暗黑色的臉，整個一廣東農民。他在監獄裏受盡折磨，身子搞垮了，偶爾插話也是氣微聲低。王希哲是三人中唯一顯得生氣勃勃的人，不停地動，時而坐下，時而站起，講話中氣充沛，慷慨激昂，揮手頓足。他臉上棱角分明，高鼻、闊嘴，秀眉麗眼，模樣相當俊秀，惟下頦尖削，透出幾分尖刻與激烈，像托洛茨基。

我們談了兩個多小時，話題大得嚇人，不離世界大勢、中國前途、高層鬥爭。王希哲已經開始思考批判無產階級專政理論，順帶着對毛的繼續革命論大加鞭笞，思想極激烈。李正天不大談理論，只談廣東省委主要領導人對他們的關照。當時主持廣東軍政的是習仲勛。唐克靜坐一旁聽李一哲們高論。等我們告辭離去，問他的觀感，他似對三人評價不高。以後他和李正天交往過一段，終因性格不合而分手。

第二天一早，唐克就來賓館接我去白雲山一遊。天亦晴亦雨，白雲山遍山滴翠，繁花滿地，異香撲鼻。我們沿山路緩行，身邊白雲氤氳，修竹新松，錯落掩映，風起處隱隱有濤聲。過碧池，四圍雲杉筆立，池邊雕欄玉砌，池中有金紅色的鯉魚數尾，游蕩碧水中。唐克興高采烈，一面指點我觀賞，一面提醒着北京現時的蕭瑟，顯示他決定南遷的正確。我無語，見他得意，自是為他高興。一路行來竟不遇人，惟唐克喧語迴響空谷。

傍晚，唐克引我至阿棠家，阿棠是他新結識的琴友。瘦高個，文靜靦腆，但一手吉他彈得出神入化。唐克得意地說，他早晚帶阿棠去北京，讓北京玩琴的人見識見識。我們和阿棠坐在窄小的天井中，聽阿棠彈唱。所唱多用粵語，我如聽天書，但曲調一路的纏綿悱惻。唐克介紹說是鄧麗君的歌。我笑唐克入鄉隨俗，從甲殼蟲到鄧麗君，照單全收。這是我第一次知道世上有歌星如鄧小姐。阿棠所唱歌中有一支給我印象頗深，問唐克，告是《月亮代表我的心》。告別阿棠，上公交車返回白雲賓館，一陣急雨襲來。唐克說廣州天氣就如此，一日數晴數雨。公交車上乘客寥寥。急雨撲打車窗，水霧迷蒙中見街燈明滅。唐克與我坐在車的最後一排，他一時半刻竟已將《月亮代表我的心》連詞帶譜寫在一張紙上，又哼唱幾遍，將歌片遞給我，說明天唱幾遍就會了，港台歌好學。難得我從北到南一千多公里，再受教於唐克，學會一支新潮歌曲。

離穗前我執意要去看阿柳，結果僅在粉末冶金廠門口匆匆一見。她的開朗、大方、賢惠的性格讓我喜歡。她拿我當自家兄弟，說現在住處太局促，不好請我去，將來總有機會，接我當貴客。我心存感念，只盼唐克收心，與阿柳花好月圓。與唐克握手道別，唐克信心滿滿，說，一定會回北京，我們北京見。誰想到此一別竟二十五年，再見是在巴黎。

八

流寓海外多年，時常想起唐克。漸漸離大陸遠了，對那邊的事也多疏離，惟存一點對老友的念想。後多方打聽到他的電話，記在本子上卻始終未和他聯繫。一九九七年新年，我試着撥通了電話，居然是唐克接的。匆匆幾句問候，給他留了我的地址。不久收到他的信，仍像以往，厚厚一疊，內有他拍的照片。除了一幀為女兒唐棣所攝人物像以外，都是他拍的廣告。一個盤子，幾隻蘋果，擺成塞尚靜物畫的樣子。這些廣告照，我估計賣不出去。他的信仍然寫得有趣，信中說他這麼多年唯一不變的是對藝術的熱愛。我有點感動。看看他拍的那些並不成功的廣告，再想想三十多年前他鑽在自己的小暗室裏精心沖洗的風景照。在攝影技術上，沒顯出多少進步，在藝術表現力上，也無法比。

我給他回了信，信中難免有點懷舊的感傷，大約提起他當年遠遊，一路給我寫信的事，也提到了大觀樓天下第一長聯。再接他的回信，裏面又有他的手迹，重抄大觀樓長聯。字仍那樣漂亮，但筆鋒中已有歲月的蒼涼。

二○○二年，突接唐克的信，說阿柳和唐棣參加了歐洲旅遊團，路過巴黎，不日即到。我和雪問清了到巴黎的日期和住處，便去酒店等她們。在酒店大廳裏坐了很久，終於見到母女倆。從阿柳臉上幾乎看不出歲月的痕迹，似乎一九七八年在廣州分手時她就是這個樣子，仍然瘦小、安靜，只是眉宇間多了成熟和自信。唐棣則是個小美人，穿着入時，舉手投足間透出嫵媚。坐在酒店的酒吧裏閑聊，說起唐克，小唐棣頗對老爸不以為然，小有抱怨。我說她老爸是我的啟蒙者，對我一生有重大影響。她幾乎不相信，瞪大眼睛，一副吃驚的樣子，撇撇嘴說："我老爸什麼也不會，對家裏也不負責。"聽她這麼說，我心裏有些不安，真想告訴她：噢，孩子，別這樣說你的老爸，其實他很"負責任"。他的責任是在冰封的雪原上用青春燃起篝火，讓那些想逃離心靈監獄的人能得些溫暖。你無法想像你老爸所負的"責任"，那是一種"自由的責任"。我得益於此，並心懷感激。你老爸確實"什麼也不會"，那時他只知一事，就是相信監獄之外有另一種生活，而這一事卻造就了我們的整個世界。唐棣，寬容地對待你的老爸吧，他或許不合你的要求，但他曾創造了自己"真實的生活"。好孩子，我們的時代已經過去，你們的時代剛剛開始。然何者為佳，只有神知道。

二○○三年，唐克要來巴黎了，來看看這座"宛如一朵灰色的玫瑰，在雨中盛開"的城市。我和雪去酒店等他。見唐克從旅遊大巴上下來。我們遠遠看他，正熱熱鬧鬧四面招呼着，想必一路又俘獲了那些大姐的心。我叫他，他回頭看見我們，一臉的笑，眼睛都眯上了。晃着身子走過來，還是老樣子，只是肩上沒有了那把老吉他，換了一架老相機，鏡頭後面的折箱已磨出白痕。這種款式的相機，怕只能在巴士底獄廣場周圍那些賣古董相機的鋪子裏才能見到。我隨口問他哪裏找來這麼個古董，他立即給我講了個故事。説這架相機是一九七六年天安門事件時江青特批從德國進口的“林霍夫”機，專為拍那些“暴徒”。一共進口了兩台，都歸公安部專用。現在一架存檔了，另一架就在他手上。目前他供職於“廣州科學技術園區”，專負責攝影，所以必須用這種“頂尖”的相機。我有點不相信這事，但他言之鑿鑿，而且報出一大堆相機的數據，唬得我再不敢説話。他倒沒完，抱怨萍萍的妹妹光光，説她就在慕尼黑，卻不幫他的忙。原來這架老“林霍夫”丢了根快門綫，而林霍夫公司總部就在慕尼黑，光光很容易就能找林霍夫公司給他配上這根快門綫。天啊，就算這是“江青同志”一九七六年在德國買的相機，如今三十年過去了，還能配上原型號的快門綫？有點天方夜譚。

放下相機這件事，我們把唐克接回了家。拉拉雜雜閑聊，主要聽唐克講他在攝影方面取得的“成就”。他特意帶來一張廣州科技開發園區的全景照片，大約有兩米長，照片上高樓鱗次櫛比，一派紐約式的景象。他説馬上要去昆明國際花卉博覽會拍照，並隨手送我兩個精美的鏡框，裏面是蝴蝶標本。唐克說了半天，似乎就是告訴我，他已經“與時俱進”了。我能感到他平日在國內受到的壓力，似乎“盛世”激流沖得他有點站不穩了。我心痛他，忙把話岔開。唉，老兄弟，我只想知道：在心裏，你的日子過得可妥帖安穩？終於，我們談起了舊日時光，唐克的聲音開始低沉，緩緩地變得從容。隨後便向我要一把吉他。我卻沒有為他準備。雪半開玩笑說，只有盈盈玩的一把兒童吉他，唐克卻高興地說“拿來試試”。這把兒童吉他在他手上，像巨人手裏的一片樹葉，小到不成比例。但他仍努力要調出音來，掙扎了一會，終歸不能成調，便頹然放下，眼睛中流出失望。這真是我的不是，我們見面總要唱歌的啊！

第二天晚上，我們接唐克去蒙馬特。這是幾十年前他常掛在嘴邊的一個名字。在這座小山上，聚集着雷諾阿、凡．高、畢加索、莫吉爾揚尼、M．雅各布。二十世紀巴黎藝術家群誕生在蒙馬特，成長於蒙帕納斯。“洗衣坊”故事就是唐克講給我聽的。我們沿着古老昏暗的小街漫步，看山下巴黎萬家燈火。想像着一扇古老的門後突然走出海關職員亨利．盧梭，他筆下的潘神正橫吹着德彪西的《牧神午後》，憂鬱的笛聲飄蕩在晚霞未褪、明月已升的天際。我們幾乎不再說話，沉默表達着感動。走到凡．高畫鳶尾花的咖啡館時，裏面已經擠滿了人。找不到座位，我們就在隔壁的咖啡館坐下，要了啤酒和咖啡。裏面一位姑娘正唱，一個小樂隊，兩把吉他，一隻架子鼓。歌是搖滾風格，節奏鏗鏘，聲音高亢。這已不是舊時畢加索們所唱的歌，那時的蒙馬特小調悠揚、詼諧，像畢加索拿來作畫題的《曼儂，我的美人兒》。

唐克聽着，沉默着，似乎這歌聲離他很遠很遠。再看他眼神，有點迷茫，或許這蒙馬特的氛圍帶他回青年時光。姑娘唱畢，我們酒也喝完了。已是深夜，該走了。唐克起身，突然問我可否把桌上的墊紙和酒杯墊帶走，因為上面印着蒙馬特的圖片和這家咖啡館的名字，可以留個紀念。我說可以吧，於是唐克俯下身來。仔細把墊紙折好，一折又一折，像在折起他的青春，折起他流逝的年華，然後那樣細心地把折好的墊紙放進貼胸的口袋裏。我們轉身下山，把歲月和夢想留在身後，留在蒙馬特高地上。

唐克走了，因為是旅行團集體活動，我沒有去送他。納蘭詞云：“誰復留君住。嘆人生，幾番離合，便成遲暮。”既然我們生命中的快樂與悲傷盡溶化在這送往迎來中，又何必一送？

唐克，老兄弟，你如今在哪？那把老吉他是否已常懸壁上，久不作聲？摘下它吧，請撫弦再歌一曲，在嗚咽的歌聲中有我想說的話：“晚風輕輕送來，想念你的那一首歌。”

2008年7月10日初稿
2008年7月30日改定

跋

賓雁去了，我心痛如割，想無論如何要寫點東西紀念他，此時不動筆，讀書識字又有何用？於是帶着稿子去布列塔尼海邊，每夜燈下疾書。雪在邊上，我手寫一頁，她便在電腦上錄下一頁。十天稿成，算在賓雁靈前一哭。

輔成先生去了，我彷徨無主。自初識思想，便與先生一起，或遠或近，心靈上沒有片刻分離。先生今天不在了，這世界變得空空的，才覺得自己的心靈的成熟遠不到離師自立的程度。我不能不動筆，留下先生在我身邊。

佛家常以燈喻指明破暗，以宣佛法，故《五燈會元》中說"是知燈者，破愚暗以明斯道"。而燃燈者，即指明破暗之人。賓雁和輔成先生是我的"燃燈者"，唐克兄弟亦是我的"燃燈者"，是他在我只知道政治口號的時候，教我歌唱。

承道群美意，把這些文字拾掇起來，集為一冊，期許有助於這燈光照射久遠。北島兄亦與我反復切磋書名。在此，向他們深表謝意。

漢娜．阿倫特說過："即使時代黑暗，我們也有權去期待一種照明，這種照明未必來自理論和觀念，而多是源於明滅不定，常常很微弱的光。這光照來自那些男男女女，來自他們的生活和著作。無論境遇如何，這光始終亮着，光芒散布，照徹世界，照徹他們的生命。”正因此，歌德臨終前會要求：“多來些光。”

書中文稿本來是寫給朋友們看的，現要刊布，便請朋友們就此說幾句話。於是朋友們便以寶石般的語言贈我。拿來置於書首，也算是借來一些光亮。

好朋友，即使僅為了你們，寫作亦是一件快樂的事，我又豈敢怠惰。是為跋。

2010年2月3日於巴黎

趙越勝，人文學者。1970年在北京當工人。1978年進中國社會科學院哲學研究所，參加籌辦《國內哲學動態》。1979年進社科院研究生院，讀現代西方哲學後獲博士學位。1982年進社科院哲學研究所現代西方哲學研究室。其創辦的文化沙龍，對1980年代中國大陸影響深遠。為《文化：中國與世界》編委會核心成員。1989年，移居法國。著有《暗夜裏執著的持燈者》《我們何時再歌唱》等。